MARTA & RUFUS

UNA NOVELA DE MARTA TORNÉ

MARTA & RUFUS

#lafelicidaderaeso

SUMA
de letras

Primera edición: abril de 2016

© 2016, Marta Torné
© 2016, de la presente edición en castellano para todo el mundo:
Penguin Random House Grupo Editorial, S. A. U.
Travessera de Gràcia, 47-49. 08021 Barcelona
© 2016, Dani Wilde, por la ilustración de cubierta

Printed in Spain – Impreso en España

ISBN: 978-84-8365-890-1
Depósito legal: B-3521-2016

Compuesto en Arca Edinet, S. L.
Impreso en Rodesa, Villatuerta (Navarra)

SL 5 8 9 0 1

Penguin
Random House
Grupo Editorial

A mi Rufus, lo más precioso de mi universo.

Don't ever change, don't ever worry
because I'm coming back tomorrow
to 14th Street where I won't hurry
and where I'll learn how to save, not just borrow
and they'll be rainbows and we will finally know.

Rufus Wainwright
«14th Street» Want One.

No cambies nunca, no te preocupes
porque mañana vuelvo a casa
a la Calle 14, donde no tendré prisa
y donde aprenderé a ahorrar, no solo a pedir prestado,
y habrá arcoíris y finalmente lo sabremos.

Rufus Wainwright, «14th Street» Want One.

1

Dicen que lo importante no es cómo empiezan las cosas, sino cómo terminan. No tengo ni idea de cómo va a terminar esta historia, pero sí tengo claro que empezó una noche muy fría de diciembre en Madrid. Yo salía de rodar y era tarde. Llevaba metida en un plató desde las seis de la mañana. Como ya solía ser habitual, terminábamos la jornada con mucho retraso. Pero era final de temporada y había que aguantar. Aunque ya estaba acostumbrada a jornadas de más de doce horas, ese día me sentía especialmente cansada. Bueno, cuando te pasas casi todo el día llorando, aunque sea mientras actúas, acabas agotada. A mi personaje, la pobre, la hacían sufrir más y más cada temporada. Así que eran las ocho de la tarde y yo ya no podía más con mi alma.

En esa época hacía unos seis meses que me había dejado Miguel, mi ex. Así que, cada vez que me tocaba llorar, me venía muy bien porque me servía para drenar el luto que todavía arrastraba. A veces, hasta mis compañeros me decían: «¡Madre mía! Pero qué bien lloras... ¿Dónde has estudiado?». Y yo pensaba: «Si yo os contara...».

Cuando me subí al coche de producción para irme a casa, en lo único que pensaba era en meterme en la cama y dormir. Iba con otros dos actores que vivíamos en la misma zona y hacíamos ruta. No todo el mundo va en el mismo coche, hay algunos actores que por contrato piden no compartirlo. Yo eso nunca lo entenderé, si es lo más divertido de los rodajes: salir y cotillear. Pero ese día íbamos todos callados. Solamente se escuchaba la radio que había puesto el conductor. Esa tarde nos tocó Rubén. Y Rubén molaba mucho. Siempre tenía Rock FM.

Entonces me llamó David, que, además de ser mi mejor amigo, era mi compañero de piso. Siempre estábamos haciendo cosas juntos. Nos conocimos hacía un par de años durante el rodaje de otra serie. Él era el jefe de vestuario, y desde el primer día nos entendimos. David tiene muchísima energía. Es ocurrente, divertido, inteligente y muy payaso. Jamás había conocido a alguien así. Me hacía reír, me entendía y me cuidaba. Y en ese momento lo necesitaba más que nunca. Todavía tenía el corazón roto en mil pedazos.

Cuando lo dejé con Miguelito, que así es como siempre hemos llamado a mi ex, me dijo que él también estaba buscando piso en el centro. Fue una tarde mientras tomábamos un *gin tonic* en La Sueca, un bar de la calle Hortaleza. Parece ser que el dueño del ático en el que vivía le había dicho que tenía que dejar el piso. Así que nos pusimos a buscar juntos. Y cosas del destino: al final encontramos un piso precioso justo encima de La Sueca. Con dos habitaciones y con cuatro balcones a la calle. Ideal.

Así que ya os podéis imaginar cuál era nuestro bar favorito.

La llamada de David era para preguntarme dónde estaba.

—Pues en el coche de producción —le dije yo con voz de ultratumba.

—¿Todavía? Pero, bueno… ¡Cada día termináis más tarde, maja! Bueno, pues dile al conductor que te lleve directamente a La Riviera.

—¿Qué dices de La Riviera? Yo me voy a casa, me tomo un caldo y mañana será otro día, que no te imaginas el día de llorar que llevo —le contesté.

—¿Estás boba o qué te pasa? ¡Que esta noche es el concierto de Rufus!

¡Ostras! ¡No me acordaba! ¡Rufus Wainwright! Teníamos las entradas colgadas en la nevera con un imán desde hacía semanas, como si fuera el concierto más importante de nuestras vidas.

A veces te enamoras de cosas inesperadas. Y no me refiero a una historia de amor con un chico. Hablo de otro tipo de pasión: de una película, de un libro, de una ciudad, de un amigo. Y yo me había enamorado de Rufus. De su música, sus letras, su universo. Me moría de ganas de verlo en directo. Escuchar sus discos con el volumen a tope y con las ventanas abiertas un domingo por la mañana es lo que me había hecho sentir más viva en los últimos meses. Desde que David me lo descubrió, no paraba de escucharlo.

—Joder… No puede ser hoy. ¡Justamente hoy! Es que estoy muerta.

—Pero ¿mañana grabas? —me preguntó.

—No —le respondí.

—Pues no hay excusa —me dijo David. Me lo imaginé, al otro lado del teléfono, con su habitual sonrisa ganadora.

Las palmeras de la barra de la sala La Riviera parecían un espejismo de esos que salen en las pelis cuando los personajes vagan por el desierto esperando encontrar un oasis para beber agua. Yo estaba igual de cansada, pero en mi espejismo veía a David con su larga barba de moderno y un par de cervezas en la mano, abriéndose paso entre la gente.

Todavía faltaba media hora para que comenzara el concierto y la sala ya estaba a tope. Yo empezaba a ponerme un poco nerviosa. Tantas horas que había pasado escuchando a Rufus, y ahora lo iba a ver en directo. En ese momento miré a mi alrededor y me di cuenta de que hacía mucho tiempo que no me sentía así. Con mariposas en el estómago. Con la sensación de que algo bueno iba a ocurrir. Volvía a sentirme viva. Miré a David, lo abracé con todas mis fuerzas, y le dije:

—Gracias.

Él se echó a reír.

—¡Pero qué boba...!

Me encanta cuando me llama «boba». Y Rufus salió al escenario.

Se sentó al piano para tocar las primeras notas de «Candles», la canción más sentimental de su nuevo disco *Out of the Game*. Todo el mundo empezó a gritar y aplaudir, y luego se oyeron algunos «Shhhh» para que la gente se callara y poder escuchar cómo Rufus tocaba su piano de cola, con el que viaja por todo el mundo, por cierto.

Justo cuando terminó la canción salieron sus músicos. Menuda banda llevaba, eran más de diez.

Las cervezas entraban superbién y Rufus también. Cuando cantó «Jericho», yo ya estaba como en un globo.

Entre las horas de trabajo y que no había cenado, aquello me parecía el mejor espectáculo que había visto en mi vida. ¿Cuántas veces habíamos escuchado esa canción con David volviendo del «Why not» a las tantas de la madrugada?

El *show* fue lo más. Pero se estaba acabando, y a David y a mí nos pareció un buen momento para pedir otra cerveza, esperar a que hubiera algún bis y luego intentar ir al camerino a ver si podíamos conocer a Rufus en persona. Eso sería el mejor colofón posible.

Pero no hubo bises. Rufus se despidió con el típico «hasta siempre, Madrid», y desapareció del escenario. David y yo dejamos las cervezas que nos acababan de servir y nos fuimos corriendo hacia la zona del camerino. Pero al llegar un chico nos dijo que Rufus ya se había ido por la puerta de atrás. Menudo chasco. Con la ilusión que me hacía saludarle y hacerme una foto con él. Cuando salíamos de la sala con un poco de bajón, la verdad, nos encontramos a Josephine, una fotógrafa francesa con la que hace mucho tiempo hice una sesión de fotos para una revista y con la que me llevaba muy bien.

—¡Marta! ¡Qué ilusión verte! ¿Has estado en el concierto? ¿Te ha gustado? Pues no te hacía yo en un concierto de Rufus…

—Sí… Uf… Me ha encantado… Pero ahora venimos de la zona de camerinos y nos han dicho que Rufus ya se ha ido.

—¿Ah, pero querías conocer a Rufus? … Oh, qué pena, si lo llego a saber… Es amigo mío —me dijo Josephine al mismo tiempo que se me ponían los ojos como platos—. Lo conocí cuando vivía en Nueva York. Hace años le hice un *shooting* para Viktor&Rolf, cuando lo vestían para sus giras. Y desde entonces no hemos perdido el contacto.

En ese momento sí que me puse nerviosa de verdad. Sobre todo lo noté porque empecé a hablar rápido y sin parar, que es lo que hago siempre cuando me pongo muy nerviosa. No lo puedo evitar.

—¿Me lo dices en serio? Pero… ¿Me lo podrías presentar? Bueno, es que me haría tanta ilusión… No sabes lo que me gusta. Desde que me lo descubrió David no escucho otra cosa. Y, bueno, la verdad es que me ha ayudado mucho, ¿sabes? Porque lo he pasado fatal, pero fatal, ¿eh? ¿Tú, tú…, tú te acuerdas de aquel chico con el que salía cuando hicimos las fotos en el Retiro? ¿Que te enseñaba las fotos en el móvil del piso que habíamos pillado para irnos a vivir juntos? ¿Te acuerdas? El Miguelito. ¿Sí? Pues el Miguelito se estaba tirando a otra… El muy cabrón. ¡A una china!

—Era una filipina… —me corrigió David con la boca pequeña.

—¡Me da igual! ¡Como si es vietnamita! Y yo…, yo lo pasé fatal, en serio… Pero fatal. He estado estos últimos seis meses hecha una mierda, engullendo comida china y viendo todo el día *realities* de vestidos de novia y…

A mi alrededor todos estaban alucinando, en especial David. El pobre intentaba hacerme callar con mucho tacto, pero con poco éxito:

—Cariño…, venga, va… Ya está —me decía como si estuviera enferma.

—¡No, no, no! ¡Que se joda! ¡Que se entere todo el mundo de lo que ha hecho…! ¡Que es un cabrón! ¡UN CABRÓN DE MIERDA! —grité yo.

Todo el mundo se giró hacia nosotros, nadie hablaba…, nadie sabía qué decir. Me di cuenta de que algo pasaba porque Josephine y sus amigos me miraban con los ojos como platos y con una mirada de lástima que daba mucha más pena que yo.

—Mmm… Lo siento mucho, cariño… ¿Estás bien? —me dijo Josephine.

—¿Quién, yo? Sí…, perfectamente —respondí intentando hacerme la digna. Josephine, la pobre, estaba superincómoda, y empezó a hablar muy despacio, como se les habla a los niños o a los locos.

—Pues, querida, no sé…, es que… Rufus me ha dicho que después del concierto tenía una cena con Almodóvar, en un tablado flamenco o algo así. No sé…, si me entero dónde van a tomar una copa luego, te aviso. ¿Tienes el mismo número de móvil?

—Sí, sí... ¡Claro! Llámame o mándame un mensaje..., o lo que quieras.

Así que nos despedimos y el pobre David me propuso, bueno, mejor dicho, me obligó a ir a cenar algo, y para animarme un poco me llevó a uno de mis restaurantes favoritos de Madrid: el Zara.

Es un restaurante cubano, chiquitito y con mucho encanto, que está en el barrio de Chueca. Los propietarios son una pareja muy mayor y muy entrañable. Se come de lujo, pero lo mejor son sus daiquiris de fresa, que son increíbles, aunque David me los quería prohibir. Me dijo que ya había bebido bastante esa noche.

Mientras íbamos de camino al Zara, David llamó a José, un amigo suyo que ya se había hecho amigo mío. José era guapísimo y mucho más joven que nosotros. Pero, a pesar de tener diez años menos, era mucho más atrevido y moderno, y eso nos encantaba. Él estudiaba y a la vez trabajaba de modelo, por eso todos le llamábamos «la Maniquí».

Después de cenar, ya me encontraba un poco mejor. No hay nada como un plato de ropa vieja para recuperar fuerzas. En cuanto llegó la Maniquí al restaurante, nos propuso ir al Toni2, un bar de la noche madrileña de toda la vida. Un clásico de los clásicos. Un lugar donde las butacas y los sillones son de terciopelo verde. El pianista de Parada interpreta canciones de hoy y de siempre rodeado de señoras mayores especialmente perfumadas y arregladas, que ponen voz a las canciones en forma de karaoke. Un lugar único al que nos encantaba ir con David a tomar «la última copa» y donde en noches memorables nos habíamos encontrado a Moncho Borrajo y a Mario Testino.

Cuando llegamos al Toni2 ya eran casi las dos de la madrugada y, al entrar, lo primero que escuchamos fue a Rufus Wainwright cantando «Over the rainbow».

No me lo podía creer. Agarré del brazo a David y nos fuimos disparados hacia el piano que estaba al fondo de la sala. Justo cuando empezábamos a ver a Rufus de cerca, una de las señoras que estaban a su lado se levantó gritando.

—¡Venga! ¡Ya está bien! ¡Que eres muy pesado! —le dijo a Rufus.

Y le quitó el micrófono de la mano. Rufus sonrió de forma muy educada a la señora que llevaba un abrigo de pieles que olía a naftalina y se dirigió con elegancia hacia la puerta.

David y yo nos miramos ojipláticos. Estaba estupefacta. Él tuvo más reflejos que yo y le reprochó a la señora que fuera así de brusca con Rufus.

—¡Va, hombre, va! ¡Que lleva dos canciones y es un aburrimiento! Venga, Pablo, tócame «Se nos rompió el amor» —le dijo al pianista la señora.

Cuando vi pasar a Rufus por delante de mí, al principio no reaccioné, pero David me dio un codazo y me lo encontré de morros.

—*I adore you* —le solté en un inglés más bien pobre, todo hay que decirlo.

Rufus se rio con una risa algo histriónica.

—*Thank you, darling* —me respondió y siguió hablando con sus amigos.

Me quedé embriagada por la emoción y supongo que por las cervezas. No sé muy bien qué pasó luego. De hecho, no me acuerdo de nada.

Lo siguiente que recuerdo es que por la mañana me desperté desnuda en la cama de mi habitación. No tenía ni idea de cómo había llegado hasta allí. Lo primero que pensé es que me había acostado David. Pero luego me di cuenta de que no.

Había una nota en la mesita de noche que decía:

«Me ha encantado conocerte. Te dejo mi número: 6564335… Llámame cuando quieras y repetimos. Pedro».

Me llevé las manos a la cabeza. Pero ¿quién era ese tal Pedro? ¿Cómo le había dejado pasar la noche conmigo?

Miré dentro de la taza del baño y también dentro del cubo de basura hasta que vi un preservativo usado que me hizo respirar tranquila. Al menos por eso no tenía que preocuparme. Madre mía qué vergüenza, no me lo podía creer.

Al volver a la habitación, vi mi imagen reflejada en el espejo de la puerta del armario. Estaba hecha un cuadro: con el rímel corrido, despeinada y con ojeras. Era una mezcla de miedo y lástima.

No era normal. No me acordaba absolutamente de nada de lo que había pasado después de ver a Rufus en el Toni2. No podía seguir así. Tengo treinta y cinco años, no tengo hijos y al ritmo que voy me voy a quedar sola para siempre. Necesito algo en la vida que me haga ser más responsable. Bueno, y si me da cariño, mejor. Ya está. Esta misma tarde me voy a comprar un perro.

2

Desde dentro de la jaula de cristal se ve todo un poco borroso y se escuchan los sonidos amortiguados. Ya llevo seis meses aquí. No es que lleve reloj ni que tenga un calendario ni nada de eso. Soy un perro. Un yorkshire terrier para ser más concretos. Pero a pesar de que es sabido por todos que los perros no tenemos una gran noción del tiempo, sé que llevo aquí seis meses porque se lo he escuchado a Nati, la cuidadora, que a veces me habla y me dice que pronto llegará alguien que me lleve a su casa y me cuide mucho.

Nati es una señora encantadora de unos cincuenta años. Es quien me da la comida, me pone agua y me cambia los papeles de periódico cuando ya hace algunas horas que huelen mal. Otra cosa no, pero los yorkshire tenemos un olfato muy fino. Por algo nos utilizaban los *lords* ingleses para cazar ratoncitos y otros roedores en sus castillos.

Pero volvamos a Nati, que si no me voy por las ramas. Digamos que estoy seguro de que Nati no tiene pareja y le gustan mucho los animales, porque si no ya me dirás por qué trabajaría tantas horas en una tienda que se llama Míster Guau. Y digo lo de que no tiene pareja porque debe de volver a casa cada noche oliendo a perro. Y qué pareja aguantaría eso. Pero también lo digo porque uno tiene un sexto sentido y he notado que a algunos nos trata como si fuésemos de su familia.

De todos modos, yo estoy convencido de que algunos le gustamos más que otros. Desde que llegué a la tienda Nati me trata como el enchufado. Y no es que lo diga yo, me lo dicen los otros perros con los que he compartido jaula de cristal durante las últimas semanas.

Al principio, cuando llegué, estaba en una jaula para mí solo. Nati me cuidaba mucho y me mimaba demasiado. Yo tenía semanas de vida y ella venía con su biberón y me daba leche. Me cogía en brazos y me cantaba canciones. Pensé que eso era lo normal, pero luego me di cuenta de que no. Me fijé en que cuando los cachorros se hacían un poco mayores, Nati ya no les hacía tanto caso. Pero, sin embargo, cuando no había clientes, a mí seguía sacándome de la jaula y me llevaba en brazos a pasear por la tienda para ver a los otros animales.

Me hablaba como si fuera un poco tonto, eso es verdad, pero supongo que es lo normal. Las mujeres de cincuenta años les hablan así a los bebés. Y yo, en el fondo, era como un bebé. Un poco más peludo, pero igual de mono.

Los terrarios son lo que más miedo me daba, con esos reptiles que te miraban como si estuvieran a punto de saltarte a la yugular. Que parece que vayan a comerte de un bocado. No me imagino quién puede tener un bicho así como mascota. Se supone que una mascota te hace compañía. ¿Qué clase de compañía te puede dar una serpiente pitón o un camaleón? Llamadme antiguo, pero yo como animal de compañía lo veo un poco raro.

Luego están los hámsters, que son muy graciosos. Ahí en sus jaulas, con sus ruedecillas, haciendo ejercicio todo el día. A esa zona la llamo el gimnasio. Porque cuando paso y los veo a todos en la rueda dando vueltas parece una clase de *spinning* de esas que dan en los gimnasios de barrio.

Lo que pasa es que, cuando llevo un rato mirándolos, no puedo evitarlo y me sale el instinto cazador. Me pongo en tensión, quiero salir corriendo a por ellos y empiezo a ladrar como un loco. Qué fuerte es la genética. Nati me dice riéndose que no está bien ladrarles a los hámsters, que son mascotas como yo y que a los niños les encantan.

Hablando de niños, el otro día vino una niña a la tienda y se quedó mirando atontada la jaula en la que estaba yo. Vi que abría la boca, supongo que para hablar con su madre, pero yo no la escuchaba muy bien por lo que os he contado antes de que el sonido no llega a oírse bien desde dentro del cristal. Pero, por la cara que ponía cuando me miraba, creo que le gusté.

Yo empecé a hacer mis trucos y mis monerías: girar un poco la cabeza y levantar las orejas. Veía que la niña sonreía y abría la boca cada vez más.

Justo entonces se acercó la madre, que estaba comprando comida para animales en el mostrador. Yo, que vi la situación como una clara oportunidad para salir de la jaula, empecé a mover la colita.

Funcionaba.

La niña estaba totalmente loca por mí. Creí entender cómo le preguntaba a su madre si me podían llevar a su casa. La madre estaba sumida en un mar de dudas. Su cara y su corazón le decían: «¡Qué monada de perro!». Pero su cerebro y su bolsillo le ordenaban: «¡Salgamos de aquí cuanto antes!».

La niña seguía insistiendo hasta que a la madre se le terminó la paciencia y le dijo de una manera bastante contundente que no podía ser.

Ya no había vuelta atrás.

Estaba claro que esa no era la familia con la que me iría a pasar las próximas navidades.

La niña se puso a llorar y a patalear como una histérica. Y, a pesar del cristal que nos separaba, ahora podía escuchar perfectamente sus berrinches.

La madre la cogió del brazo y se la llevó a rastras hasta la puerta de la tienda.

Buf. Menos mal. De una buena me he librado. Lo último que quiero es ir a casa de una niña mimada y consentida que monta esos pollos. Los yorkshire somos perros de compañía pero también tenemos un oído muy fino y no creo que hubiera podido aguantar esos berrinches todos los días.

Así fueron pasando las semanas y cada día entraba algún niño o niña que se me quedaba mirando a través del cristal. Yo, como siempre, sacaba mis mejores armas y me ponía a saltar y a dar botes mientras movía la colita y giraba la cabeza. Eso siempre funcionaba. Las madres y los padres se quedaban encantados y con cara de bobos durante un rato, pero luego se marchaban por la puerta por la que habían entrado.

Así que de momento no había tenido suerte y Nati seguía poniéndome la comida todas las noches, cambiándome los papeles de periódico y diciéndome que pronto vendría alguien a buscarme para llevarme a su casa.

Pero en los últimos días la verdad es que Nati ya no me hace tanto caso. Todos los perros que llegaron conmigo a la tienda ya se han ido a casa con sus nuevos dueños.

Sin embargo, yo sigo aquí, en la jaula de cristal. Viendo la vida pasar.

Como si estuviera en un *Gran Hermano* canino. Pero se supone que en *Gran Hermano* el que queda el último dentro de la casa es el que gana el premio. Pues aquí de momento no había premio. O si lo había a mí no me lo habían dado todavía.

Nati me sacaba cada vez menos en brazos para ir a ver a mis amigos los animales. Tenía que conformarme con hablar con los demás perros que iban entrando y saliendo de la jaula de cristal.

Recuerdo una noche en la que un jack russell, que parecía muy listo, me dijo que quería escaparse y que estaba esperando el momento oportuno para hacerlo. Yo aproveché para preguntarle qué había ahí fuera, porque la verdad es que todavía no lo sabía. El jack russell se puso intenso y mirando al horizonte me dijo: «La libertad».

Yo le pregunté si en esa libertad había mucha comida y podías estar en los brazos de alguna mujer de cincuenta años que oliera a perro, y me explicó que la libertad de la que él hablaba era mucho mejor que eso.

Volvió a mirar al horizonte y me soltó: «La libertad es poder hacer todo lo que quieras, cuando tú quieras».

—Guau —dije yo.

—Guau —respondió él.

Luego entró en la tienda un hombre vestido con un traje militar y con cara de malas pulgas que cuando vio al jack russell lo señaló y le pagó a Nati dinero para poder llevárselo.

Nati abrió la jaula de cristal y le puso un collar y una correa al jack russell.

—Bueno, parece que ya tienes una casa —le dijo—. Y vas a estar con otros amiguitos, porque el señor es entrenador de perros.

El jack russell ni siquiera se despidió de mí. Se fue con la cola entre las patas caminando al lado del señor vestido de militar.

Supongo que no podría probar mucho de eso que él llamaba «libertad» allí donde iba.

Pero todo cambió un día 4 de febrero. Lo recuerdo perfectamente: cómo iba a olvidarlo. Ese es el día que sigo celebrando mi cumpleaños.

Los cristales de la tienda estaban empañados por el frío que hacía en la calle. Era última hora y Nati estaba cansada. Cuando ya iba a cerrar la puerta y a echar la persiana para poder empezar la rutina de darnos la comida y limpiar las jaulas, alguien entró en la tienda.

Pero no entró alguien cualquiera. No.

Entró mi ángel de la guarda.

Una chica de unos treinta años abrió la puerta dejando entrar todo el aire helado de la calle e inundó la tienda de frescura.

Todos los que estábamos en las jaulas nos giramos para mirarla. Tenía algo muy especial. Era algo inexplicable y que muy pocos humanos transmiten, pero que los animales sí sabemos distinguir.

Era una buena persona.

Y además, guapa. Eso también hay que decirlo. Pero sobre todo lo que hizo que me fijara en ella fue su manera de moverse. Elegante, pero no con languidez, sino con decisión. No era la elegancia de las modelos, sino la de alguien de la calle que sabe cuál es su sitio en el mundo y está orgulloso de ser quien es.

Me enamoré a primera vista. Fue un flechazo con todas las de la ley. Ahora tenía que conseguir como fuera llamar su atención para poder hacerle todas mis monerías y que me llevase a su casa.

Nati le empezó a hacer preguntas. Que qué tipo de perro estaba buscando. Que si ya había tenido perro antes. Que si era consciente de la responsabilidad que significa tener un perro.

La chica respondía muy seria a todo lo que le preguntaba y al mismo tiempo iba mirando por el rabillo del ojo hacia las jaulas donde estaba yo dando brincos.

Una vez terminado el cuestionario, Nati le pidió que la acompañara para enseñarle lo que tenía. La chica sonrió cuando vio que podía acercarse a las jaulas de cristal.

Y ahí estaba yo. A tope con mi repertorio: dando botes, moviendo la colita, levantando las orejas y girando la cabeza… Esta vez me esforcé especialmente en el giro de cabeza porque es lo que mejor funcionaba. Después de seis meses, ya empezaba a tener experiencia en este terreno.

La chica se acercó directa a mi cristal. Escuché que Nati le decía:

—Este yorkie es muy bueno. Lleva seis meses aquí y lo tenemos con un descuento especial. Te lo puedes llevar por seiscientos euros.

O sea, que estaba de rebajas.

La chica sonrió y dijo las palabras mágicas:

—Me lo llevo.

Nati se sorprendió, pero se quedó encantada y le preguntó:

—¿Cómo le vas a llamar?

—Rufus. Por el cantante —dijo la chica.

¿Rufus? ¿Cómo que Rufus? Ese es un nombre de perro grande. Como de bulldog o algo así.

—No lo conozco. Me da igual. Era solo por curiosidad —dijo Nati con un poco de rabia porque se dio cuenta de que no me iba a quedar más con ella y de que ya no podría cogerme más en brazos.

Pero entonces Nati me sacó de la jaula y me puso en brazos de la chica y en cuanto la olí supe que estaba en casa. Olía tan bien. Era el paraíso. La chica se me acercó al hocico, me miró a los ojos y dijo:

—Hola, pequeñito… ¿Quieres venirte a casa conmigo?

Yo empecé a mover la cola y a lamerle la cara.

Y así empezó todo.

3

UNA TARDE DE PERROS

Llevaba más de dos horas metida en la cama calentita, y la verdad es que me daba mucha pereza salir de casa. Los días que no tengo rodaje me gusta quedarme todo el día en pijama por casa, cocinando y leyendo o viendo series y pelis. Pero estaba decidida. Iba a ir a una tienda de animales. Pasase lo que pasase. Así que, en marcha. Me puse mi camiseta interior térmica, de las de esquiar, cuatro capas de ropa y un plumas de esos de esquimales. A mí el frío me mata y hay que ir preparada.

Mientras caminaba para coger un taxi, busqué en Google una tienda de mascotas que no cerrase al mediodía porque entre una cosa y otra ya eran casi las dos. Encontré una en el barrio de Salamanca. Gracias a Dios

que existe Internet. ¿Qué hacíamos antes sin Google?
Ni siquiera me acuerdo.

Así que me puse a buscar un taxi por la zona de
Tribunal. La parada de la calle Barceló estaba vacía
como siempre, pero tuve la suerte de que una señora con
un abrigo de pieles que iba cargada con bolsas de rebajas justo dejaba un taxi libre. Me metí dentro y le
indiqué al conductor que se dirigiera a los jardines de
Serrano.

La señora había dejado el taxi impregnado de un
perfume de esos superfuertes que son insoportables. Parecía más una tienda de Duty Free del aeropuerto que
un coche. Claro que prefiero el olor a perfume de señora
mayor que el olor a tigre que muchas veces te sorprende
en algunos taxis. Esta vez había tenido suerte. El taxista
era muy mono. Bueno, era un poco reservado, de los
que no hablan mucho. Yo creo que le gustaba, porque
le pillé tres o cuatro veces mirándome por el retrovisor.
Decidí mirar el móvil para disimular. Pero, nada, él no
dejaba de observarme por el retrovisor. Y cuando estábamos pasando por la plaza de Colón se gira y me dice
con voz de quinqui:

—Oye…, ¿tú eres famosa?

—Ehh, bueno…

—Yo te he visto en algún sitio —siguió el taxista.

—Sí. Puede ser —dije yo.

—En alguna peli o algo, ¿no? —Vi cómo miraba por el retrovisor tratando de adivinar dónde me había visto.

—Tú eres la del Orfanato, ¿no? —me soltó.

—Sí. *El internado.* Se llamaba *El internado* —le corregí.

—Exacto. *El internado.* Pero hace mucho tiempo ya, ¿no?

—Sí. Un poco —contesté algo incómoda.

—¿Y ahora sales en algún sitio? Hace mucho que no te veo por la tele.

Madre mía: la pregunta del millón. Yo solo quería llegar a la tienda de animales.

Por suerte llegamos a Serrano y le dije que tenía prisa porque me cerraban una tienda. Le pregunté cuánto le debía.

—Vale, mujer. Vaya humos. Son doce euros —me respondió.

Respiré hondo y se los di sin rechistar.

Finalmente llegué a la tienda con una sensación de mariposas en el estómago. Igual que cuando tienes una primera cita y sientes que algo importante está a punto de suceder. Volví a respirar hondo y entré.

Dentro, una mujer muy maja, que era la que se ocupaba de la tienda, me recibió con una sonrisa muy amable.

Me llevó al escaparate donde tenían todos los perros en exposición y me encontré con un yorkshire pequeño de color negro y marrón que movía la colita cada vez que lo miraba. ¡Era monísimo!

La mujer me contó que llevaba seis meses en la tienda y que lo tenía con un descuento del cincuenta por ciento. Pobre, me provocó mucha ternura. Encima estaba rebajado.

Le pregunté si podía sujetarlo en brazos. Entonces la mujer lo sacó del escaparate y, cuando se acercaba hacia mí con el perrito, he de reconocer que al principio sentí un poco de miedo porque yo nunca había tenido un perro. En mi casa siempre hemos sido más de gatos. Me lo quedé mirando a los ojos y le dije a la señora:

—No me va a morder, ¿no?

—¡No! ¡Claro que no! ¡Si es buenísimo! —me respondió.

Lo cogí en brazos y me inundó una sensación tan bonita y maravillosa que lo tuve clarísimo.

—Hola, pequeñito… ¿Quieres venirte a casa conmigo? —Me dio un besito en la mejilla y ya no hubo vuelta atrás.

No me lo pensé más. Lo tenía claro. Me lo llevaba a casa.

Le pedí a la mujer que me diese todo lo que necesitaba y me preparó un *pack* con un saco de comida, una cama de su tamaño, un arnés, una correa, un cuenco para comer y otro para beber agua. Y, ya que estaba, me llevé también un jersey de cuello alto de color rojo monísimo, porque solo me faltaba que se me resfriase el primer día.

Mientras le ponía el jersey rojo, la mujer me sacó un montón de papeles que tenía que rellenar. Lo primero que me preguntó fue:

—¿Cómo se va a llamar?

—Rufus —le respondí—. Por el cantante.

—Ah… No sé quién es. Bueno, me da igual. Firma aquí y ya estamos.

Así que firmé y me despedí de ella, que se quedó con un poco de carita de pena. Mientras, yo abría la puerta y tiraba de Rufus con la correa.

Salí a la calle y me di cuenta de que iba cargada como una mula y lo primero que hice fue llamar a David para ver si podía venir a ayudarme.

David me dijo que estaba con su ayudante haciendo devoluciones por los *showrooms* y que, como iban en coche, si le decía dónde estaba pasaban a recogerme.

—Estoy en los jardines de Serrano. Pero no estoy sola —le dije.

—¿Estás con un tío? —me preguntó David con voz de intriga.

—Más o menos —le contesté.

—¿Cómo que más o menos? ¿Quién es? ¿Lo conozco?

—Vente y lo verás.

Cuando el coche paró delante de los jardines de Serrano, David saltó del coche corriendo y me vino a ayudar con todas las bolsas que llevaba.

—¿Dónde está tu amigo?

De pronto vio a Rufus y dio un grito.

—¡Ahhhhh…, que ya tienes el perrito! ¡Pero qué mono es!

—Se llama Rufus —le dije.

David se puso a reír como un loco solo con acordarse de la noche que nos encontramos a Rufus Wainwright en el Toni2.

—¡Pero qué gracioso es! ¡Anda, vamos, Rufus! ¡Ahora ya somos una familia disfuncional!

Nos subimos al coche y su amigo nos comentó que, si ya estaba vacunado, antes de llevarlo a casa era bueno pasearlo un poco para que hiciese sus necesidades y se acostumbrase.

Yo le contesté que sí, y lo llevamos al parque. Como era la primera vez que Rufus iba a ir a un parque, no podía llevarlo a uno cualquiera. ¿Cuál es el parque más grande de Madrid?

La Casa de Campo, que, según nos contó el amigo de David, en su día fue propiedad de la corona de los Austrias y coto de caza de la realeza. Eso me encanta. Me encanta que Rufus sea un yorkshire, que es la raza de la realeza británica. Sería como si estuviese de visita oficial.

—Sí, maja, pero también es el parque donde están todas las travestis —añadió David.

—¡Ay, amiga! Pues mejor... —dije yo—. Que Rufus se vaya enterando de qué va a ir su vida a partir de ahora. Rodeado de travestis y de maricas.

Nos quedamos en silencio dos segundos y, de repente, empezamos a reír a carcajadas todos a la vez. Esas son las típicas bromas de Madrid que, cuando voy a Barcelona, mis amigos no entienden.

Entramos en el coche, un Seat Ibiza bastante viejo, pero que cumplía su función. Condujimos hasta el parque y paramos en un descampado donde no había nadie. ¿A quién se le iba a ocurrir pasear con el frío que hacía? Además, ya empezaba a anochecer.

Nos bajamos David, Rufus y yo. Su amigo se quedó en el coche porque no quería apagar el motor para mantener la calefacción en marcha.

Dejé a Rufus en el césped y esperé a ver qué hacía. No hizo nada.

—Pero suéltale la correa que, si no, no se va a mover —dijo David.

—¿Estás seguro? ¿Y si viene otro perro?

—¿Cómo va a venir otro perro? Con el frío que hace. Como mucho vendrá una travesti paraguaya —soltó David.

Lo liberé de la correa pero Rufus seguía sin moverse.

—¿Estás segura de que no te han dado un perro de Lladró?

—Muy gracioso. Es que todavía no sabe lo que es la libertad.

Aún no había terminado de decir la palabra libertad cuando escuchamos un ladrido de perro grande y, en cuanto volví a mirar a mis pies, Rufus ya había salido corriendo en dirección hacia donde venía el ladrido.

David y yo nos miramos y echamos a correr detrás de Rufus como locos. Íbamos gritando como posesos.

—¡Rufus! ¡Rufus! ¡Ven aquí!

Pasamos por delante de un grupo de travestis que nos miraban como si estuviéramos locos. David les preguntó si habían visto un yorkshire con un jersey de cuello alto rojo, y todas se rieron, claro. Pero una nos dijo que había visto pasar a Rufus y nos señaló hacia dónde se había ido. Las tías fueron supermajas y se pusieron a gritar con nosotros.

—¡Rufus! ¡Rufus!

Parecía un coro de tenores haciendo calentamientos vocales antes de un concierto. Pero la verdad es que al menos intentaban ayudarnos. Yo estaba atacada de los nervios: ¡cómo podía perder el perro si no hacía ni una hora que lo había comprado!

Cuando estábamos un poco apartados del grupo, David me dijo en voz baja:

—Pero si este perro todavía no sabe que se llama Rufus. Va a parecer que lo hayamos robado.

—Ostras, es verdad… Pero ya verás cómo lo encontramos, y luego les daremos las gracias a las travestis por ayudarnos.

—Tú no has visto nunca a una travesti enfadada.

—¿Y tú sí? —le pregunté.

David sonrió y puso cara de que me iba a contar una historia un poco larga.

—Bueno, mejor no me lo cuentes ahora, que estoy negra —le corté.

Pasó un buen rato.

Cuando por fin encontramos a Rufus, estaba plantado delante de una perra labrador de color chocolate, moviendo la cola y jugando con ella. Su dueño nos dijo que era muy buena, que no hacía nada.

Llamé varias veces a Rufus para que volviese, pero no me hacía ni caso. Le dije a David que por favor fuese él a buscarlo.

—¿Por qué no vas tú, que eres la dueña?

—¿Y si me muerde el otro perro? —le respondí.

—Pero ¿tú les tienes miedo a los perros? —se extrañó David.

—Pues hasta el día de hoy sí.

—¿Y entonces por qué te has comprado uno?

—Para que me haga compañía por las noches y no tenga que despertarme más con alguien que no sé ni quién es a mi lado.

David se quedó a cuadros y me dio un abrazo: uno de esos abrazos que solo da David, de los que duelen. Me encantan.

Acto seguido David fue hacia donde estaba Rufus con la correa y se la ató al arnés. Le dio las gracias al dueño de la perra labrador y nos volvimos por donde habíamos venido.

Cuando pasamos por delante de las travestis nos aplaudieron y nos silbaron. Iban gritando y animando «Rufus, Rufus». Igual que hacía el público la noche del concierto de Rufus Wainwright en Madrid. David y yo nos miramos y nos cogimos de la mano saludando como si fuera la ovación de despedida de una obra de teatro.

El amigo de David, que se había quedado en el coche, ya no sabía cómo decirle a Susy, una de las travestis, que no había ido allí a por lo que ella se pensaba y que en realidad estaba esperando a unos amigos que habían ido a buscar a un perro.

—Sí, claro, guapo. Todos los hombres que vienen aquí deben tener alguna excusa preparada para contarle a la mujer si los pillan.

Cuando llegamos al coche, el amigo de David se alegró mucho de vernos a nosotros y a Rufus.

Nos montamos en el coche y salimos de la Casa de Campo. Hicimos el viaje de vuelta en silencio. Solo se escuchaba el último disco de LCD Soundsystem que habíamos comprado en la Fnac la semana pasada. Yo iba con Rufus en mis brazos mirándole mientras dormía. Debía de estar agotado. Era tan pequeñito y tan precioso.

El amigo de David nos dejó en Malasaña y subimos a casa. Era tarde y ninguno de los dos teníamos ganas de cocinar, por lo que pedimos comida china.

4

Cuando llegamos a casa, me gustó el olor nada más entrar. Los yorkshire nos guiamos mucho por cómo huelen las cosas, y ese piso olía bien: a hogar. Y eso era algo con lo que había soñado desde hacía muchísimo tiempo.

—Bienvenido a casa, pequeñito, guapo —me dijo Marta mientras abría la puerta y me quitaba el arnés.

Al principio, yo no sabía qué hacer ni hacia dónde ir. Todo era nuevo. Así que empecé a oler los espacios mientras Marta me iba explicando qué era cada parte de la casa. Primero me enseñó la cocina, que según me dijo era una cocina americana porque estaba en medio del salón. Marta abrió la nevera para sacar una botella y ponerme agua en un cuenco. Sentí una especie de olor a rancio. En esa nevera no había mucha cosa. Me dio tiempo a ver alguna lata de cerveza, algún yogur y alguna pieza de fruta. Poco más.

Me alejé de la nevera consciente de que allí no había nada que rascar. Y recuerdo que pensé que esperaba que Nati se hubiera acordado de darle algo de pienso a Marta, porque si no iba a pasar mucha hambre en esa casa.

Llegamos a la habitación de Marta. Era un espacio muy acogedor. Muy de niña. Todo blanco y olía a limpio. Había una lámpara de luz de baja intensidad que iluminaba una foto enmarcada en blanco y negro de Marilyn Monroe. También me fijé en que tenía un armario empotrado enorme con las puertas abiertas. Asomé el morro y lo primero que vi fueron muchos zapatos. Pero muchos.

¿Por qué tantos zapatos? Si nunca iba a poder ponerse más de un par al mismo tiempo. Entonces, ¿para qué tener tantos zapatos de recambio?

Es posible que Marta sea muy previsora y se haya comprado más zapatos de la cuenta por si algún día cierran las zapaterías y necesita unos de recambio. Puede que sea por eso. O porque le guste decorar el armario con zapatos.

En la habitación había una cama enorme y muy alta. O al menos eso me pareció a mí desde la perspectiva de tener la cabeza a solo veinte centímetros del suelo. Era casi imposible que me pudiese subir ahí arriba. También pude ver que Marta tenía muchos cojines encima de la cama. Qué guay. Eso mola. Porque me encanta jugar con ellos. Ojalá pudiera subirme a la cama.

Luego me llevó al baño. Al lado de la taza del váter puso un empapador encima de una caja de plástico y mientras me lo señalaba me dijo.

—Pipí aquí, ¿vale?

Me la quedé observando mientras deducía que, por el olor que sentía, ese era el sitio donde hacían sus necesidades los humanos. Aunque también olía como a canela. Eso tenía que ser por algún ambientador. Nati también echaba un espray horrible en la tienda que a mí no me gustaba nada porque olía a algo artificial. Hay muchas cosas de las que no sé, pero de olores sí. En olfato no me gana nadie. Si hubiera algún concurso de olfato, lo ganaría. Pero fijo.

—¿Qué, Rufus? ¿Te gusta tu casa?

Me quedé mirándola y levanté las orejas y giré la cabeza. Vi cómo se acercaba hacia mí, me cogía en brazos y me daba muchos besos. Ahora ya tengo claro que el truco de girar la cabeza es infalible para conseguir mimos. Me lo apunto.

En ese momento llegó David con una película en la mano que, al parecer, hacía días que tenían ganas de alquilar. Se llamaba *El cielo sobre Berlín* o algo así. Marta dijo que no le apetecía mucho verla, pero David insistió.

Se sentaron en el sofá que había en el salón delante de la tele y pusieron la peli. Me llamó la atención el hecho de que hablaran un idioma raro que yo no entendía. Así que me quedé sentado en el suelo al lado del sofá. Ellos estaban en silencio, con cara de interesantes y concentrados en la peli esa rara.

Pues vaya rollo. Me estaba aburriendo. Pero mucho. Me eché una cabezadita aprovechando que escuchaba la película de fondo y que estaba agotado.

Cuando me desperté ,me di cuenta de que ya no estaban viendo la película sino un programa de televisión llamado *Sálvame Deluxe.* Sus caras eras diferentes. Estaban sonriendo y más relajadas. Y yo un poco más también, la verdad, porque al menos ahora entendía lo que decían.

Sin embargo, hablaban un poco fuerte y se criticaban entre ellos. Bueno, y también se enchufaban a una máquina que detectaba si estaban diciendo la verdad o no. Francamente, no le vi la gracia al programa. Porque conmigo eso no funcionaría. Para mí lo normal es decir siempre la verdad, aunque quizás es porque soy un perro.

Marta le preguntó a David si tenía hambre y este le contestó que sí pero que no tenía ganas de cocinar, con lo que cogió su teléfono móvil y pidió comida. Esto debía de ser a lo que se refería el jack russell que había conocido en la tienda de animales cuando me habló de la libertad: «Poder hacer lo que quieras, cuando quieras». Esto de vivir fuera de la tienda de animales no estaba nada mal. En esos momentos me quedé pensando si habría algún teléfono al que llamar para pedir comida para perros.

Al cabo de unos minutos llamaron al timbre del interfono y me puse a ladrar como buen perro vigilante. Y Marta se rio.

—Rufus…, que es el timbre. No pasa nada.

David abrió la puerta y apareció un chico con un casco de moto medio puesto en la cabeza, que sacó una bolsa con varios recipientes de plástico que olían de maravilla. David le dio dinero al chico y este le entregó la bolsa con los recipientes.

Mientras Marta se cambiaba y se ponía ropa cómoda en su habitación, David servía la comida en unos platos y lo colocaba todo en una bandeja. Yo le iba siguiendo por el olor que desprendían esos recipientes. Cuando estuvo todo listo, David se sentó en el sofá.

—¡A cenar…, maja! —gritó con su acento del norte.

David era de Logroño, de La Rioja. De tierra de vinos. De buen comer y de buen beber. Pero tenía un acento muy gracioso.

Marta salió de su habitación vestida con un pijama, unos calcetines gruesos y una bata azul celeste encima. La bata parecía que ya tenía unos años, por los puños y el cuello roídos, pero era la típica pieza de ropa a la que le coges cariño y no quieres cambiar por nada del mundo.

—Hala…, ya lleva puesta la batita azul —dijo David sonriendo—. De verdad que te voy a regalar una nueva por tu cumpleaños.

Marta se rio otra vez. Me encanta verla reír.

—Que no. Que a mí me gusta esta porque es vieja. Como tu peli —le contestó.

Se sentaron en el sofá a comer con unos palillos de madera y yo me quedé mirándolos desde el suelo. Marta me miró y me puse a mover la cola. Vi cómo se dirigía a David y le dijo:

—Oye, ¿no tendríamos que ponerle comida a Rufus?

—No. He leído que primero tiene que comer el dueño y luego hay que darle la comida al perro para que sepa quién manda.

—¿Dónde has leído eso?

—En Internet. Y también he leído que un perro tiene que estar en el suelo para que sepa que no está al mismo nivel que tú, y que eres su dueño y eres superior a él. Si no, puede tener un síndrome que presentan algunos perros que se piensan que son humanos —dijo David mientras se comía los fideos chinos.

—Eso es una chorrada. Míralo, si es monísimo. ¿Cómo se va a pensar que es un humano? —le contestó Marta.

Y seguidamente me hizo un gesto para que me subiera al sofá con ellos. Al principio no lo entendí, pero ella me cogió y me puso en el sofá. Hombre, qué gran diferencia: ahora sí. Ahora entiendo por qué ellos se sientan aquí a ver la tele.

Le puse cara de pena a Marta, que se me quedó mirando y me dio un trocito de pollo que había en los fideos. Qué bien. Veo que esto también funciona. Esto de la libertad me empieza a gustar.

Cuando ya llevábamos un rato viendo la tele, Marta se empezó a quedar dormida debajo de la manta. Mientras, yo estaba acurrucado entre ella y David, que seguía viendo el programa de los señores que gritaban. Por suerte, bajó un poco el volumen de la tele. Se estaba tan bien a su lado. Por primera vez en mi vida tuve la sensación de tener un hogar.

Antes de irse a dormir a su habitación, Marta me puso las bolitas de pienso que me daba Nati. Olí la comida, pero después del chino no me apetecía nada. Me señaló la cama donde se supone que tenía que dormir yo y también donde tenía que hacer mis necesidades. La cama que le había comprado a Nati era de color azul y parecía un poco dura. Marta se metió en la cama enorme y apagó la luz.

Me quedé a oscuras y sin poder subir a su cama. Intenté meterme en la mía, pero la verdad es que no se estaba tan bien como cuando me quedaba acurrucado en el sofá. Así que probé a ver qué pasaba si me ponía a lloriquear un poco.

Marta encendió la luz y me dijo que no podía ser, que tenía que dormir en mi cama. Me puso en la cama de perro de nuevo. Me la quedé mirando y vi cómo se iba y apagaba la luz de nuevo.

Así que salí de la cama de perro y volví a lloriquear. Marta, con mucha paciencia, todo hay que reconocerlo, volvió a hacer lo mismo. Me metió en mi cama y me dijo:

—Aquí. Este es tu sitio para dormir.

La a observé de nuevo con cara de pena, pero vi que esta vez no funcionaba. Apagó la luz y volví a salir de la cama y a lloriquear. A la tercera va a la vencida, o al menos eso dicen.

Pero lo que pasó a continuación cambió el curso de las cosas. Eran ya más de las dos de la madrugada y David, que estaba todavía en el salón y se había quedado dormido con la tele puesta, se despertó con mi lloriqueo.

—¡Maja! ¡Haz algo para que se calle ya! —dijo desde el salón.

—Vale. Perdona. Pensaba que estabas dormido —respondió Marta en voz baja.

Marta me cogió con cuidado y me subió a su cama enorme llena de cojines. Eso era otra cosa. Tenía una base de plumas de pato que hacía que estuvieras supermullidito y además olía a ella. Estaba calentito y tenía su olor conmigo todo el rato. ¿Qué más se puede pedir?

Se me quedó mirando y me dijo:

—Por hoy pase porque es el primer día, pero mañana duermes en tu cama, ¿vale?

Me la quedé mirando, giré la cabeza y vi que me daba más mimos y más besos. Así que ahora ya sé lo que funciona. A partir de ese momento, ya no ha habido ni una sola noche en que no me meta en la cama con Marta y me haga una bolita en su regazo.

A veces me duermo en el sofá y luego me voy a la cama. A veces me coge calor a media noche y vuelvo a mi cama de perro, que es más fresca. Pero siempre paso por esa cama enorme en algún momento. Con esos cojines y ese buen olor. He conseguido incluso que deje el cesto de la ropa sucia apoyado junto a la cama, y eso me permite subir y bajar.

Pero lo más importante de esa primera noche fue darme cuenta de que había una habitación que no había visto: la de David. Y tenía su propia cama a pesar de que muchas noches se quedara dormido en el sofá. Así que llegué a la conclusión de que David no era su novio, eran solo amigos.

Genial. Eso quería decir que yo era el único que dormiría con Marta. Ella y yo solos. La felicidad era eso.

5

Esta noche tengo una cita. Hace ya unas semanas que no lloro por Miguelito. Bueno, es que he borrado hasta su número de teléfono. Aunque creo que es por si tengo la tentación de llamarle. La verdad es que sigo pensando en él y no sé qué haría si me lo encontrara. O sí: esconderme y echarme a llorar. Por eso creo que me vendrá bien conocer a otros chicos. Un clavo saca otro clavo, ¿no? Pues eso. Creo que empiezo a estar preparada para tener una cita sin que a la tercera copa de vino empiece a hablar de mi ex.

No recuerdo la última vez que tuve una cita y estaba tan nerviosa como hoy. Y es que, desde que Rufus está conmigo, solo me apetece salir de grabar y volver a casa para estar con él. ¡Es tan mono!

Procuro pasar con él todo el tiempo que puedo. A veces me lo dejan llevar a los rodajes y, aunque siempre se queda en el camerino, le llevo su camita y su mantita y espera dormidito a que vuelva. Es una lástima que David tenga alergia, porque no podemos hacer tantas cosas como quisiéramos juntos y, después de fracasar con todos los antihistamínicos, decidimos compartir a Rufus solo en espacios abiertos.

Hacía mucho tiempo que no tenía una cita, la verdad. Llevaba varios días que casi no salía de casa si no era por trabajo. Luz, una amiga que es auxiliar de dirección, me dijo que si seguía así acabaría como Carmen Maura, que se llevaba el perro hasta a los rodajes. Me contó que un día en el que estaban rodando en exteriores, y cuando ya había pasado un buen rato, la Maura le pidió a ella si podía hacerle el favor de ir a su caravana para ver si a su perrito se le había terminado el DVD de *El Padrino I*, para ponerle *El Padrino II*.

Evidentemente no me podía creer lo que me estaba contando. Pero Luz me juró que esa historia era cierta y que fue ella misma la que cambió el DVD del reproductor. Me encantó la anécdota, claro. Me quedé fascinada. Imagínate. Yo le dije a Luz que, como mucho, cuando tenía que dejar a Rufus solo durante horas, le dejaba la tele encendida de fondo para que se sintiera un poco más acompañado. Pero ahora que lo pienso, casi preferiría que Rufus viera *El Padrino* que la tele convencional. No sé, no descarto ponerle algún día una peli a Rufus. Qué lista es la Maura.

Me había citado a las nueve. Un poco pronto para ir a cenar en Madrid. Yo siempre llego tarde a todas partes. Da igual que vaya al médico, al AVE, con mis amigos o a cenar. Por mucho que me organice, me dé prisa y corra, siempre llego tarde. Y mira que procuro evitarlo porque, cuando me toca esperar a mí, no lo soporto.

Ese día en concreto llegaba tardísimo. El tráfico por el centro de Madrid suele ser horrible, pero además ese día, el coche de producción se puso a hacer ruta y fue dejando a los demás actores antes que a mí. Fatal.

Cuando llegué al restaurante Piu de Prima, en la calle Hortaleza, Sebas, el chico con el que había quedado, ya debía de llevar casi una hora esperando.

David me organizó una cita con un chico que resulta que era amigo de un amigo suyo. Me había enseñado una foto en Facebook y la verdad es que era mono. No era el clásico guaperas, pero tenía algo que le hacía interesante. Y ese es el tipo de chicos que me gustan a mí.

Como David ya me conocía, me avisó de que Sebas venía de una familia aristocrática. Que su abuelo o su padre tenían algún título nobiliario, vaya. O sea, que era un pijo. Me lo dijo para que me portase bien.

Yo, que soy de barrio pero muy bien educada, siempre he tenido predilección por los chicos más bien finos y elegantes. Bueno, y también me gusta que sean sensibles y tengan inquietudes artísticas o que sean cultos. Que les guste leer, escuchar música, ir a exposiciones o ver pelis. Creo que por eso David me buscó la cita con Sebas. La verdad es que, a priori, era el candidato ideal.

Sebas era un chico al que sus padres le dieron la mejor educación. Estudió en uno de los mejores internados de Europa, por lo que hablaba perfectamente inglés, francés y un poco de alemán, ya que el internado donde estuvo durante cuatro años estaba en Suiza. Más tarde estudió Derecho y Humanidades en la Sorbona de París. Según me contó David, ahora estaba pensando en irse a estudiar escritura creativa a Nueva York. Vamos, que era lo que se dice un buen partido.

En cuanto entré en el restaurante me di cuenta de qué tipo de sitio era. Madre mía: se trataba de uno de los italianos más pijos de Madrid. Con coches de superlujo aparcados en la puerta y los chóferes sentados dentro esperando a que sus jefes terminaran de cenar para llevarlos a casa.

De hecho, David me dijo: «La primera vez que pasé por delante de ese restaurante acababa de llegar a Madrid y justo vi a la Preysler saliendo de él y metiéndose en el coche. Así que, aunque solo sea porque te invitan a cenar donde le gusta ir a la Preysler, tienes que ir a la cita con Sebas».

Bueno, ya no necesitaba más argumentos. Estaba encantada. Como la del anuncio de Cofidis cuando le conceden el crédito.

Cuando llegué ya me estaba esperando un señor que me recibió diciéndome:

—Buenas noches, Marta. Sebastián la está esperando. La acompaño.

Qué divinidad. Cómo me gusta que me conozcan y me traten así de bien. Enseguida se me pasó por la cabeza si ese señor también le dice lo mismo a la Preysler cuando llega. Definitivamente soy lo más, y encima seguro que el hombre que está ahí sentado es el hombre de mi vida.

Iba siguiendo a ese señor intentando caminar con elegancia y bien recta, mientras los altos ejecutivos me miraban al pasar, hasta que llegamos a una mesa reservada que había en el fondo del restaurante.

Allí estaba él, con la mejor de sus sonrisas y un Martini en la mano. Era rubio, aunque llevaba el pelo muy corto, y tenía los ojos muy bonitos. Como digo yo, ojos de los que sonríen. Y una cara muy fina, casi imberbe y con la nariz y los labios delgados. Cuando se levantó para saludarme, vi que era muy alto y con mucha planta. Y, bueno, olía muy bien. Me gustaba mucho.

Yo estaba supercortada. Me venía un poco grande tanta educación y tanta exquisitez. Así que hice ver que tenía mucha hambre y le propuse pedir algo de cenar directamente para ver si me tranquilizaba un poco. Al mirar la carta me di cuenta de que no podía comer casi nada de lo que había, porque al ser un italiano casi todo lleva gluten y me sienta fatal. No es que sea celíaca, pero no digiero bien el gluten: se me hincha la barriga, y lo peor de todo son los gases. Ya me estaba imaginando con ese hombre tan maravillosamente educado y yo tirándome pedos sin parar. Me quería morir.

Volví a mirar la carta con detenimiento, ya con sudores fríos, y vi que tenían pasta de todos los tipos y con todas las clases de salsas: boloñesa, pesto, arrabiata, putanesca, esta última siempre me da un poco de risa. Por otro lado, tenían carne y pescado, pero con salsas que también llevaban gluten. Además, el pescado lo cocinaban con marisco, y yo no puedo comer marisco porque soy alérgica. Vamos, que me quedaban muy pocas opciones. Ya sé que soy un cuadro con la comida. La típica pesada que no puede comer nada de lo que hay. Pero qué le voy a hacer.

Por suerte me di cuenta de que había antipasti y que podía comer algún entrante. Al final pedí un carpaccio de buey y listos. Sebas pidió de primero un plato de *spaghetti alle vongole*, y yo puse cara de entendida aunque no tenía ni idea de lo que era, y de segundo, una *ta-gliatta,* que luego comprobé que se trataba de un corte de carne típico italiano.

—¿Te apetece un poco de vino? —me dijo muy educado.

—¿Vino? Sí, claro. Me encanta el vino —contesté.

—¿Chianti o lambrusco? —me preguntó.

—¿Cómo?

Me quedé muerta. No tenía la menor idea de lo que era ni uno ni otro. Yo iba a pedir un Ribera del Duero, que casi nunca falla y no son tan fuertes como los rioja. Pero, claro, me soltó eso del chianti y me descolocó.

—Tráenos el mejor chianti que tengas para que lo pruebe —le dijo Sebas al camarero.

—Por cierto, siento mucho haberte hecho esperar. He llegado tardísimo. Ya sabes cómo está el tráfico en Madrid a estas horas.

Lo dije poniendo ojitos de pena. Luis Merlo siempre me decía que era la mejor poniendo cara de pollito mojado. Y sí, tenía razón. Porque surtió efecto, me dijo que no me preocupara. Que lo bueno siempre se hace esperar. Bueno, ya respiraba un poco más tranquila al ver que no estaba molesto por mi retraso y al haber encontrado un plato sin gluten para cenar.

Enseguida trajeron el vino y estaba buenísimo. Supongo que quería impresionarme, y lo consiguió. Me encantó desde el primer sorbo. No soy ninguna experta en vinos, de acuerdo, pero sí sé distinguir cuando un vino es bueno o no. Y ese era muy bueno: de los de más de cincuenta euros la botella, pero, como pagaba él, yo estaba encantada.

A la tercera copa de vino ya estaba más relajada y empecé a hacerle preguntas.

—¿Así que te quieres ir a Nueva York a estudiar para ser escritor? —le dije haciéndome la interesante.

—Sí. Bueno, desde siempre me ha gustado escribir. Pero mis padres pensaron que con veinte años era mejor que estudiase una carrera un poco más «práctica». Así que me apuntaron a estudiar Derecho en París.

Mientras decía la palabra «práctica», Sebas hizo unas comillas en el aire con los dedos que me dejaron con la boca abierta. Al final reaccioné con otra pregunta.

—Pero ¿no eres un poco mayor para seguir estudiando?

—Yo creo que habría que estudiar toda la vida —contestó él.

—Sí, claro, pero también hay que ganar algo de dinero, ¿no?

No debería haber dicho eso. Pero no era yo, era el vino chianti ese el que empezaba a hablar.

Sebas se puso serio y me dijo que estaba claro que él había tenido la suerte de haber recibido una herencia cuando su abuelo murió y de que sus padres hubieran sabido invertir bien el dinero hasta que cumplió los dieciocho años. Básicamente me vino a decir que vivía de las rentas.

Pues vaya chollo. Y yo que llevo toda la vida currando, desde que tenía diecisiete años y se separaron mis padres. Primero me puse a trabajar en una cadena de montaje de una fábrica de componentes de plástico en la que ensamblaba fundas de casete. Qué fuerte. Pero está claro que eso no se lo iba a contar. Cuando ya nos habíamos bebido una botella del vino ese carísimo entre los dos y Sebas iba ya por el segundo plato, se empezó a relajar. Vi cómo le hacía una señal al camarero para pedirle otra botella. Lo miré.

—¿Quieres emborracharme? —le dije seductora.

—No… qué va. Pero como he visto que te ha gustado el chianti. —Se rio él un poco tímido.

Por lo visto el chianti ese no me había afectado solo a mí porque todo el tiempo que duró el postre y la sobremesa fue un monólogo de Sebas hablando de su madre. Que si lo había criado prácticamente sola porque su padre nunca estaba, que si tenían una relación excelente, bla, bla, bla. Se llegó a poner un poco pesado, la verdad. Pero yo, que soy muy buena actriz cuando quiero, hacía ver que me interesaba mucho el tema.

Él seguía hablando de su familia mientras yo usaba el iPhone por debajo de la mesa y le mandaba un mensaje a David para preguntarle si estaba en casa. Me contestó que sí, y le pedí que si podía salir a dar una vuelta porque tenía la intención de subirme a Sebas. Me contestó el wasap con muchos emoticonos de una sevillana bailando.

Después de terminar la segunda botella de vino y de pagar la cuenta, que Sebas no me dejó ni ver pero estoy segura de que era de tres cifras, salimos los dos del italiano dando algunos tumbos.

Íbamos andando abrazados por la calle Hortaleza y el frío de Madrid hizo que el sonrosado de mis mofletes bajara un poco.

Por suerte para los dos, mi casa estaba muy cerca del restaurante y al llegar al portal le pregunté a Sebas si quería subir a tomar la última copa.

Su cara cambió y se quedó sorprendido, como si le hubiese pedido matrimonio. Parece ser que lo de subir a casa de la chica en la primera cita no se lleva mucho entre la aristocracia.

6

EL PIJO

Ya era tarde. Llevaba solo desde por la mañana. Seguro que hacía un buen rato que Marta había terminado de grabar la serie. Por tanto, ya debería estar en casa, pero todavía no había llegado. Estaba un poco preocupado, la verdad. Nunca llegaba tan tarde.

Además, David había estado un rato en casa pero había salido sin despedirse, como si hubiese fuego en el piso. Por suerte para mí no había ningún fuego. Eso hubiera sido un drama.

Escuché un ruido en el portal con mi superoído de yorkshire. Me asomé a la ventana que daba al patio y vi unas sombras que entraban dando tumbos. Pensaba que era ella. Pero no podía ser, no iba sola. Bueno, a lo mejor volvía con David que la había ido a buscar.

Me puse en la ventana a ver si miraba hacia arriba para verme como siempre hace cuando llega a casa. Pero no miró. Así que no era ella. Seguro.

Ya me iba hacia el sofá para tumbarme cuando de pronto escuché que el ascensor se paraba en el segundo piso. Levanté las orejas y olí su perfume a través de la puerta. Era inconfundible. Sí que era Marta. Así que salté de golpe del sofá y me puse a dar brincos detrás de la puerta. Cuando giró la llave y me vio, se puso muy contenta. Me cogió en brazos y me empezó a dar mimos. Yo le daba besos en la mejilla también. Después me llevó al sofá y empezó a acariciarme la barriga, que sabe que me encanta. Y cuando ya llevaba un rato así me soltó, me puse de pie y empecé a rascar el sofá y a dar pequeños botes como si se tratara de un baile. De hecho, Marta ya le ha puesto nombre a mi baile. Le llama: «el brikindance».

Yo no sé de dónde viene eso, pero, como le hace gracia, lo repito cada vez que llega a casa. Así que ya es una especie de tradición que tenemos cuando llega. Da igual que se haya ido hace catorce horas o que solo haya salido a bajar la basura. Cada vez que entra por la puerta yo le hago el bailecito. Y le encanta.

Pero esta vez Marta no venía sola. Me quedé mirando hacia la puerta y vi a un chico que no era David, porque no llevaba barba ni era una moderna. Era un chico de unos treinta años que iba bien afeitado y con un traje muy elegante. También llevaba un abrigo de esos que suelen ponerse los aristócratas ingleses cuando van a cazar. Lo reconozco perfectamente porque mis antepasados habían tenido dueños que organizaban cacerías. A mí nunca me han gustado las cacerías: me parece muy mal que un grupo de humanos se organice para montar a caballo y perseguir a un pobre zorro que está tranquilamente paseando por el bosque.

El chico era un pijo, pero olía bien. Eso tengo que reconocerlo, lo noté enseguida. Era canela fina.

El pijo se quedó quieto enfrente de la puerta y empezó a quitarse el abrigo mientras miraba a su alrededor como investigando el apartamento.

—Tienes un piso muy bonito. ¿Lo has decorado tú? —preguntó.

O sea, que yo aquí currándomelo con el baile y el pijo este llega y no me hace ni caso. Ya me cae mal.

Marta estaba poniendo algo de música en el equipo. Puso un CD de Björk, que es una islandesa un poco chalada que hace música rara.

—Bueno, sí. Me ha ayudado mi amigo David, que es estilista y vive conmigo —contestó Marta.

—Ah…, ya. Estilista. ¿Es gay?

—Sí. ¿Por? —añadió Marta extrañada.

—Eh… No, por nada —dijo el pijo un poco incómodo.

—Pero no está en casa. Ha salido.

Marta le colgó el abrigo en la percha de detrás de la puerta y le preguntó si quería tomar algo. El pijo le respondió que quería un Martin Miller's con tónica *premium*, tres hielos y una raspa de limón pero sin nada de zumo exprimido.

Joder. Ni que fuera el Museo Chicote. Pero qué se ha creído este.

Marta se quedó un poco cortada pero no le dijo nada. Por suerte, la única ginebra que tenía en casa era Martin Miller's. Era la que bebía David.

Se fue hacia la cocina a prepararle la copa. La seguí para ver si me ponía algo de comida porque no tenía pienso en mi cuenco desde hacía ya unas horas. Me puse a lloriquear frente a la nevera y por fin lo entendió.

—Ay, Rufus..., que no te he dado la cena —dijo sonriendo.

Moví la colita. Marta cogió el saco de pienso que le había dado Nati y me puso un poco en el cuenco. Cuando yo ya estaba preparado para comer algunas de esas bolitas duras, de pronto sucedió algo mágico.

Marta sacó de la nevera un blíster que contenía algo que olía muy bien. Lo abrió, sacó una loncha y la cortó en mil pedacitos con un cuchillo. Me puso la loncha encima de las bolitas y para mí eso fue como si Ferran Adrià me hubiera hecho el mejor plato del mundo. Cuando probé la loncha de pavo encima de las bolitas, tuve una revelación. ¿Cómo era posible que no hubiese comido esto antes? Con lo bueno que estaba.

Marta me dejó comiendo y se fue a darle el *gin tonic* a su amigo, que todavía estaba mirando los libros.

—Tienes buenas novelas. ¿Te gusta leer? —le dijo.

—Sí. Me encanta. Pero tengo poco tiempo —le respondió Marta.

—Ya. Todos nos buscamos excusas. Pero si quieres, puedes.

Yo seguía comiendo, pero tenía la antena puesta. Este pijo se piensa que es Arturo Pérez Reverte. Menudo pedante. Suerte que no tenía que aguantarlo cada día. Bueno, solo esperaba que no se hiciera novio de Marta. No podría soportarlo.

Entonces tuve una idea. Mientras yo acababa de comer, ellos dos estaban sentados en el sofá hablando. Me fui al baño. Digamos que es habitual que después de comer me entren ganas de ir al baño, pero esta vez, en lugar de hacer mis necesidades en el empapador que me deja preparado Marta, decidí probar algo diferente. Dejé una muestra en forma de montañita en medio del baño para ver qué pasaba.

Ellos empezaron a darse besos. Y mientras se revolcaban encima del sofá yo volví del baño y me quedé acurrucado en mi cama de perro que, la verdad, estaba un poco fría.

De pronto Marta se levantó, lo cogió de la mano y se lo llevó de un arrebato hacia la habitación. Él se reía y se dejaba hacer, pero demostraba muy poca iniciativa. Marta se acercó al equipo de música y subió el volumen de manera considerable. Sonaba la canción «Violently happy», de uno de sus primeros discos, *Debut*. Mis oídos de yorkshire con pedigrí sufrían más a Björk que los de ellos dos.

El pijo empezó a hacer movimientos con la cabeza como si reconociera la canción, pero estoy seguro de que no tenía ni puñetera idea de quién era la que cantaba. Marta se puso a bailar.

Era como si el tiempo se detuviese y viera todos sus movimientos a cámara lenta. Su cuerpo se balanceaba y sus caderas se movían al ritmo de la música. Era algo que quedaba tan lejos de mi alcance que me pareció imposible. ¿Por qué no nos dieron a los perros el sentido del ritmo para poder bailar? Hubiera dado cualquier cosa por poder bailar con ella en ese momento.

Cuando miré al pijo, estaba ahí de pie. Parado. Casi sin moverse. Vi que tampoco tenía mucho sentido del ritmo porque ni siquiera acertaba con sus pequeños movimientos de cabeza. ¿A ver si iba a resultar que en realidad era un perro?

Marta paró de bailar cuando terminó la canción, se puso a reír y se abrazó al pijo que estaba ahí parado como un espantapájaros. Le dio otro beso de esos con lengua que se dan los humanos.

Pero funcionó. Cuando llegaron a la habitación Marta se tiró en la cama y empezó a moverse de manera muy sexi. Cuando quería ser sexi podía serlo mucho. Pero el pijo le dijo que tenía que ir un segundo al baño. Bingo. Pensé yo.

Cuando entró en el baño y vio mi «instalación de arte» se quedó parado. Se giró, salió por la puerta y le dijo a Marta:

—Eh…, creo que tu perro se ha… en medio del baño.

Marta se levantó corriendo y le dijo que lo sentía mucho, que normalmente no lo hacía. Recogió mi caca con un trozo de papel higiénico y la tiró a la taza. Salió del baño y le pidió de nuevo disculpas al chico.

—No pasa nada —respondió él.

Marta me vino a buscar a mi cama de perro y me dijo que estaba muy mal lo que había hecho. Me llamó cochino. Y yo me quedé con las orejas bajas y la cola entre las piernas.

Regresó a la habitación y vio que el chico estaba sentado en la cama con la camisa entreabierta.

—¿Por donde íbamos? —preguntó Marta de forma muy sexi.

Marta se acercó y se le sentó encima y empezaron a besarse de nuevo. Pero yo noté que la cosa no iba bien.

—¿Qué te pasa? —le preguntó Marta.

—Nada… ¿Dónde hemos dejado el *gin tonic?*

Yo los miraba desde mi cama de perro y, cuando vi que Marta dejaba de darle besos y se levantaba para ir a buscar la copa, aproveché para subirme a la cama. Trepé al cesto de la ropa sucia como siempre hacía. Luego pasé al lado del pijo y me metí debajo del edredón.

No falla. El pijo se quedó a cuadros al ver que, cuando Marta volvió con la copa, no me sacaba de la cama.

—Oye, que tu rata se ha metido dentro de la cama —dijo él.

—¿Has dicho rata? No le llames rata, que no es una rata. Es un perro. Un perro muy mono.

—Sí, si muy mono es…, pero se caga donde le da la gana —decía mientras se abrochaba la camisa.

—Oye, ya te he dicho que lo siento. ¡Además, es la primera vez que lo hace!

—Bueno, tranquila no te preocupes. Igualmente se me está haciendo un poco tarde, y mañana tengo una reunión a primera hora.

—Pero… ¿Te vas a ir así? Si ni siquiera nos hemos terminado la copa…

Pero sí, el pijo se despidió y se fue.

Menudo idiota. Yo me quedé casi dormido entre los brazos de Marta, bien calentito dentro del edredón, y aunque me sentí muy bien por ello, me quedé un poco preocupado porque noté que ella no se sentía bien por lo que había pasado.

Así que le di muchos besitos a Marta para que se sintiera mejor.

Y nos dormimos juntos.

7

UNA MAÑANA EN EL PRADO

Al día siguiente me desperté con una buena resaca. El chianti podía ser muy caro, pero también era muy rencoroso.

Me levanté y me encontré a David haciendo el desayuno de muy buen humor. Le pedí por favor que no me hablara durante un rato, pero a los treinta segundos ya me estaba preguntando qué tal había ido la cita con Sebas.

—Bueno, no sé por dónde empezar… Un poco desastre, la verdad —le dije yo sin paciencia.

—Ya será menos, mujer —contestó David mientras se preparaba el desayuno—. ¿Quieres huevos?

—No, gracias. Es lo último que quiero ahora mismo.

—A ver, cuenta qué pasó —insistió mientras cocinaba.

—Pues nada. La cita empezó bien. Él era muy mono y muy educado y agradable todo el rato. Cuando lo vi, me gustó al momento. También es que, claro, al llegar a un sitio tan divino en el que me trataban tan bien, pues estaba encantada, ya sabes. Y, bueno, la cena se me pasó volando, la verdad. Creo que fue por el vino.

—Pero ¿llegasteis a subir a casa o no? —me preguntaba mientras batía los huevos.

—Sí, sí… Subimos a casa. Pero ya cuando nos besamos, la verdad es que no me gustó mucho. ¿Sabes cuando no te entiendes dándote un beso? Pues eso.

—Uy sí, a mí eso también me ha pasado y da una rabia… —dijo David.

—Pero la verdad es que con el pedo, en ese momento, pues no me importaba mucho. Lo que quería ya sabes lo que es…, que llevo meses de sequía.

—Maja, ¡que debes de tener telarañas! —añadió David riéndose.

—¡Oye, haz el favor! —me indigné yo.

—Vale, vale… Perdona —se disculpó David.

—Nada, da igual, déjalo. Ya me has cabreado. Me vuelvo a la cama, que me duele mucho la cabeza.

Me encontraba fatal y mi cita de la noche anterior había sido un desastre. Menudo panorama. Así que mi plan para el día era cama, Rufus y programas de vestidos de novias, que me encantan. Justo cuando iba a encender la tele, David abrió la puerta de la habitación.

—Nada. Decidido. Nos vamos en una hora. Te preparo algo de desayuno y a la ducha —me dijo con su determinación del norte.

Me preparó dos tostadas de arroz con pavo y un superzumo energético con zanahorias, manzanas, tallos de apio, trozos de brócoli y jengibre. Cuando lo tuvo listo, me lo llevó a la cama en una bandeja. Todo desprendía un olor a disculpas por lo de antes que era bastante evidente.

—Toma, un desayuno detox. Ideal para la resaca —me dijo David dejando la bandeja.

Le di las gracias por preparármelo todo tan bien, pero le avisé que no tenía ninguna gana de salir.

Me tomé el zumo casi de un sorbo, y mientras David se vestía en su habitación le di un poquito de pavo a Rufus sin que él me viera. Ya se había convertido en nuestro secreto. Siempre que yo comía algo de pavo, él se ponía a mi lado con su lengüecita fuera y no se movía hasta que le daba una loncha cortada en trozos minúsculos.

Cuando por fin conseguí vestirme y ponerme en marcha después de la ducha, la verdad es que me encontraba un poco mejor. Le dije que le acompañaba donde él quisiera pero con una condición: Rufus se venía con nosotros. No tenía ganas de separarme de él y además era mi único día libre y quería estar con mi perro a todas horas.

David se dio cuenta de que no tenía más remedio que aceptar, así que cogí mi bolso grande de Louis Vuitton que me habían regalado y nos echamos a la calle.

Lo bueno de salir en la tele es que te regalan cosas. Cremas, perfumes, ropa, complementos... Es muy guay, la verdad. Aunque si a mí me regalan cosas, no me quiero imaginar lo que les deben de regalar a las que son famosas de verdad. Una vez me contaron que Pe cada vez que llega a un festival de cine de esos internacionales, en la habitación del hotel tiene varias bolsas de regalos de las grandes marcas: vestidos, bolsos, zapatos... ¡Qué maravilla!

Yo todavía no sabía adónde me quería llevar David, pero estaba segura de que iba a ser un sitio especial. Siempre me descubría cosas muy chulas. Así que bajamos andando desde Malasaña por la calle Fernando VI hasta Barquillo y desde ahí fuimos paseando hasta llegar al paseo del Prado. Por suerte para mí, me había puesto calzado cómodo.

Cuando finalmente llegamos frente al Museo del Prado, David se paró delante de la cola de gente que estaba esperando para entrar.

—Maja, mete a Rufus en el bolso, que si no nos dejarán entrar —me dijo en voz baja.

—¿Quieres entrar al Prado? ¿Con esta cola? —protesté yo.

—Pues claro. ¿Cómo te voy a enseñar *El jardín de las delicias* de El Bosco si no entramos?

Le hice caso porque yo también estaba cansada y no quería discutir, pero la verdad es que hacer cola para ver un cuadro, justo ese día, me parecía un poco absurdo. Yo prefiero ir a los museos un martes por la mañana, cuando no hay nadie. Odio hacer cola si lo puedo evitar.

Pero David insistió en que solo por ver ese cuadro valía la pena hacer cola toda la noche si hacía falta. La primera vez que él lo vio me estuvo hablando del cuadro durante una semana entera. Así que por fin iba a llegar el momento de ver el famoso cuadro de El Bosco. Yo le dije que tenía mucho frío y que le esperaba en el bar tomando un café. Cuando la cola estuviera llegando a las taquillas, podía hacerme una perdida y yo iría.

La cola avanzó muy rápido y cuando apenas había terminado el café con leche que me había pedido, David ya me estaba llamando desde su teléfono.

Rufus se había portado muy bien dentro del bar sin salir del bolso en todo el rato, así que no encontré ninguna razón por la que no pudiéramos entrar a ver el cuadro con el perro dentro de mi bolso. Nadie se iba a dar cuenta.

Llevábamos un buen rato paseando por el Prado y empezaba a notarme los pies cansados. Rufus iba encantado dentro del Louis Vuitton. Estoy segura de que si lo llevara en la bolsa para transportar animales que me dieron en la tienda ya se habría quejado. Este perro tiene el morro muy fino.

El Prado estaba lleno de extranjeros que seguían a los guías encargados de relatarles las maravillas de la pintura española. Había un grupo de japoneses que iban solos pero muy bien coordinados. Todos estaban escuchando los aparatos de audio-guía y se movían a la vez. Pasaban de un cuadro a otro simulando una coreografía por todo el museo.

Apenas nos detuvimos en las salas de Goya, Velázquez y El Greco. Algunos cuadros ya los había visto en anteriores visitas al museo. Además, teníamos que elegir. El Prado es tan enorme que, si quieres recorrerlo entero en un solo día, puedes morir en el intento. Creo que la única posibilidad de sobrevivir es si eres japonés y has entrenado mucho.

Por fin entramos en la sala donde estaba *El jardín de las delicias.*

Tengo que reconocer que esta vez tenía que darle la razón a David. Él ya me había avisado. Cuando por fin se fue el grupo de jubilados franceses que tapaban el cuadro por completo y me pude acercar a verlo mucho más de cerca, me quedé completamente alucinada.

La parte de la izquierda representaba la creación, con Dios y Adán y Eva en el paraíso. En la parte central se podía ver una especie de orgía que, según me dijo David, representaba a la humanidad entregada al pecado y al placer. Había todo tipo de personajes: hombres y mujeres, blancos y negros. Incluso animales. Todos desnudos y manteniendo relaciones sexuales. Era un cuadro porno. En serio. Muy fuerte. También había animales fantásticos y plantas y frutas que no existen. Era como un cuadro surrealista pintado antes del inicio del surrealismo. El panel de la derecha representaba el infierno, y El Bosco lo pintó como un sitio oscuro lleno de monstruos y de humanos que reciben torturas.

Me dijo David que el mensaje que trata de transmitir esta obra es el carácter pasajero de los placeres del pecado y la importancia de los valores del catolicismo y de no cometer ningún pecado.

Los dos nos miramos y dijimos casi a la vez que no lo entendíamos, porque a los dos nos encantaría estar en la orgía que dibujó El Bosco en el panel del medio. Si es que somos tal para cual.

Estábamos los dos admirando el cuadro tranquilamente cuando una niña pequeña de una familia de turistas alemanes vio a Rufus que sacaba la cabecita de mi bolso de vez en cuando.

Me moví un poco para el otro lado de la sala, pero vi que la pequeña me seguía porque le hacía mucha gracia el perro. Maldita niña.

—Creo que esa niña rubia nos ha descubierto —le susurré a David entre dientes.

—¿Qué dices?

Cuando la madre no estaba mirando, David se acercó a la niña y, en voz baja, le dijo algo en alemán.

—No sabía que hablabas alemán —le dije.

—Solo lo básico —me respondió—. Para cuando tengo que ligar.

—¿Y qué le has dicho a la niña? —le pregunté llena de curiosidad.

—Nada. Que nos deje en paz o la ato con una cuerda y la amordazo.

—¿Perdona? —le grité con los ojos como platos.

Evidentemente la niña fue corriendo a decírselo a su madre, que se puso a mirar hacia donde estábamos nosotros. Yo no sabía dónde meterme. La madre no tardó nada en ir a hablar con un guardia de seguridad del museo que estaba en la sala contigua a la nuestra.

Y no habían pasado ni treinta segundos cuando vimos a un guardia de seguridad dirigirse hacia nosotros.

8

Al sacar la cabeza del bolso de Marta vi cómo un guardia de seguridad me estaba observando y decía algo que no pude escuchar por el *walkie,* supongo que a otro compañero suyo. Marta me hizo una señal para que me quedase dentro del bolso.

Pero ya llevaba un rato. Estábamos terminando de mirar un cuadro muy famoso que se llama *El jardín de las delicias.* Yo lo vi de reojo, la verdad. Pero recuerdo que pensé que no había para tanto. Los humanos tienen una capacidad de admirar cosas hechas por ellos mismos...

Si un perro pintara un cuadro, tendría más mérito, porque a nosotros nos resulta mucho más difícil agarrar el pincel con la pata. Yo me imagino *El jardín de las de-*

licias de El Bosco pintado por un gran danés. En lugar de haber tanto desnudo humano y tantos animales raros, estaría lleno de huesos, peluches, comida, pelotas, cosas que nos gustan a los perros, vaya. Y, claro, alguna perrita en celo, con algún perro oliéndole el trasero. Eso siempre anima.

La cuestión es que el guardia de seguridad se nos acercó para decirles a Marta y a David que no podían estar dentro del museo con un perro, o sea, conmigo.

David, que como ya os he dicho antes es del norte, se puso muy farruco y le dijo al segurata que no tenía ninguna razón para echarnos porque no habíamos vulnerado ninguna norma del museo.

Marta, que cuando quiere puede ser muy simpática, intentó arreglarlo hablando con el guardia de seguridad mientras me metía cada vez más al fondo de su bolso. Yo ya no sabía si iba a salir de allí algún día, y no es que el bolso de Marta estuviera precisamente ordenado.

En ese bolso había de todo: monedas sueltas, maquillaje, cargadores de móvil, un billetero con la tarjetas de crédito fuera de su sitio, bolígrafos, un pañuelo, etcétera. Pero el etcétera era tan largo que no puedo contar todo lo que había allí dentro porque no terminaríamos nunca. Esa obsesión de las mujeres de meterlo todo en el bolso por si acaso… Si conocéis a alguna mujer, seguro que os suena.

Total, que Marta se puso a hablar con el guardia y a decirle que no se preocupara, que enseguida salíamos y que nadie me había visto.

El guardia se tranquilizó y le dijo a Marta que de acuerdo, pero que sobre todo procurase que no se me viera la cabeza porque, de lo contrario, al que se le caía el pelo era a él.

De pronto vi a la niña rubia alemana que se acercaba por detrás de Marta para tocarme. Y yo, que no me puedo resistir a una caricia, saqué la cabeza para ver a la niña y dejarme acariciar.

David, indignadísimo, le decía al guardia que era una vergüenza que tuviéramos que ver el cuadro en esas condiciones.

—El arte está para disfrutarlo y, si tengo a cuarenta japoneses haciendo fotos, no hay manera de disfrutar de nada.

—Ya. Pero ese es otro tema, señor. Ustedes no pueden entrar con un perro al museo.

—¿Y qué pasa con los perros guía? ¿Tampoco pueden entrar los ciegos al Prado y disfrutar del arte? —David se estaba metiendo en un buen jardín.

—Pues supongo que en ese caso es diferente —contestó el segurata ya un poco harto de David.

—¿Y quién te dice a ti que mi amiga no es ciega o tiene una deficiencia? —le dijo al guardia mientras miraba a Marta de reojo.

Marta empezó a sentir vergüenza ajena. Pero mucha. Y mientras ella intentaba que David dejara de montar el numerito, yo cada vez sacaba más la cabeza del bolso porque las caricias de la niña eran bastante agradables.

En ese momento pegué un salto y fui a parar a los brazos de la niña alemana, que estaba encantada conmigo. Marta se dio cuenta y se giró de golpe para recogerme, pero David se anticipó y me cogió él. Ahí fue cuando empezó todo. David me agarró igual que el mono de *El Rey León* cuando coge a Simba para presentarlo al resto de la manada, y me acercó al cuadro de El Bosco mientras decía:

—¿Lo ves, garrulo, cómo no puede hacerle nada al arte? —le dijo gritando al segurata.

Yo casi podía tocar el cuadro con la patita y al guardia de seguridad se le transformó la cara, no sé si porque le llamó garrulo o porque traspasó el protocolo de distancia de seguridad con los cuadros. El guardia llamó por el *walkie* por tercera vez.

—Tenemos un código rojo. Repito: código rojo —escuché que decía al aparato que tenía en la mano.

David se echó a reír como si estuviera desquiciado, mientras me zarandeaba de lado a lado. Yo ya me sentía un poco mareado. Marta gritaba a David que me soltara y que ya se encargaba ella. Pero David parecía fuera de sí e incluso empezó a hablarle en alemán a la madre de la niña.

—*Sehen Sie, Fraülein, wie der Hund die Kunst nichts beschädigen Kann?* —algo así como: «¿Lo ve, señora, cómo el perro no le puede hacer nada al arte?».

En esos momentos ya teníamos a varios espontáneos japoneses sacando fotos y grabándonos con el móvil. ¿Pero estos no tienen nada mejor que hacer? A ver si resulta que voy a terminar como un friki de esos que tienen millones de visitas en YouTube.

Llegaron los demás guardias de seguridad y nos rodearon. Le dijeron a David que se calmara porque estaba bastante excitado.

—Estoy calmado. ¿Tú me ves nervioso? —me preguntó a mí.

Yo no sabía qué hacer. Estaba mareado por el movimiento. La cara de Marta era de pánico y David tenía ojos de loco. Finalmente Marta consiguió acercarse a David y arrancarme de sus brazos. Entonces se tiraron cuatro guardias de seguridad encima de David y lo redujeron tirándolo al suelo y poniéndole las manos detrás de la espalda. No llegaron a esposarlo, pero lo tenían inmovilizado.

—¡No te muevas! —le gritó uno de ellos a David.

Marta y yo lo mirábamos todo desde un lado. La señora alemana y la niña también estaban alucinadas. Y los japoneses, más aún.

Los guardias de seguridad nos acompañaron hasta la puerta del museo y, mientras pasábamos por todas las salas, los turistas no paraban de sacar fotos y grabar vídeos con sus teléfonos móviles. ¡Qué pesados!

—Maja, menos mal que son turistas y no te conocen, que si no... —le iba contando David a Marta.

Marta le pidió que no dijera nada más, que era mejor salir de allí cuanto antes.

Y salimos. Bueno, nos dieron una patada en el culo. Y nos echaron fuera.

—Mira que me han echado de sitios. De discotecas, de bares, de bibliotecas, pero de un museo es la primera vez —dijo David indignado.

A Marta empezó a encendérsele la cara y se puso muy furiosa. Yo nunca la había visto así. Tenía los ojos rojos y se le marcaban las venas de las sienes.

—¡Pero no ves que tienen razón! ¡Mira la señal!

David se giró y en la entrada del museo vio una señal de prohibido perros bien grande.

—Ah..., pues sí, es verdad —añadió tan tranquilo.

—¿Oye, qué te pasa? ¿Estás bien? Te estás poniendo rojo —preguntó Marta.

—Sí... No sé, será por el bochorno que he pasado —repuso mientras se rascaba como un loco.

—No, no. Pero si te están saliendo ronchas en la cara.

Efectivamente, le empezaron a salir unas ronchas rojas por todo el cuerpo.

—Oye, que me estoy hinchando. ¡Que esto es una reacción alérgica! —David empezaba a estar asustado.

David era alérgico a muchas cosas. Con la comida siempre tenía problemas. Era celíaco, no podía tomar marisco ni carnes rojas, porque le subía el ácido úrico, y nada que llevase trazas de gluten, porque se ponía fatal. Pero hasta ese día lo había tenido controlado.

Marta le dijo que a ver si iba a ser el perro, o sea, yo.

—No puede ser, si siempre he tenido perro de pequeño y nunca he tenido alergia —dijo David riéndose.

Pero la verdad es que las ronchas eran cada vez más grandes y más rojas, y la hinchazón de las manos se le había extendido por los brazos. Si esto seguía creciendo exponencialmente, al cabo de unos minutos David iba a parecer el Teletubbie rojo.

Así que nos subimos a un taxi y nos fuimos a Urgencias. Yo escondido otra vez en el bolso y, después de lo que había pasado en el museo, tenía claro que no debía sacar la cabeza fuera, ni aunque me pusieran delante una loncha de pavo cortada bien finita.

—¿Tiene usted alergia a algo? —Oí que le preguntaba una voz femenina que imagino debía de ser la doctora.

—A todo —respondió David, que ya empezaba a parecerse a Falete después de tomar el sol sin protección.

La doctora le pidió a David que se tumbase boca abajo. Le preparó un chute de cortisona y se lo inyectó directamente en el culo.

Le dijo que no se moviera durante unos minutos, que enseguida volvía. La doctora salió corriendo porque acababa de llegar un chico que había tenido un accidente de moto.

David ya se encontraba mejor. La inflamación comenzó a bajar en pocos minutos y las ronchas también comenzaron a remitir. Marta se quedó más tranquila. La pobre estaba muy asustada.

La doctora volvió y vio que David ya estaba mejor.

—¿Sabes qué es lo que ha podido generar esta alergia? —le preguntó—. ¿Has estado en contacto con algo con lo que no hubieras tenido contacto antes?

David se quedó mirando a Marta.

—Como no sea Rufus.

—¿Rufus? —se extrañó la doctora.

—Sí. Rufus, el perro de esta —dijo David señalando a Marta.

Marta no sabía dónde mirar. Solo nos faltaba que nos echaran también del hospital. Por suerte, la doctora miró a Marta y, sin darse cuenta de que yo estaba en el bolso, le preguntó:

—¿Tienes un perro?

—Sí. Un yorkshire. Es muy mono.

La doctora, que estaba acabando de hacerle una receta de antihistamínicos a David, le dijo a Marta:

—Pues será todo lo mono que tú quieras, pero en un hospital no pueden entrar animales, así que ya os podéis ir por donde habéis venido sin que nadie os vea, si no queréis que os pongan una multa. Ah, y no se lo acerques a tu amigo si no quieres que termine otra vez en Urgencias —añadió la doctora con tono de pocos amigos.

Marta se quedó helada. Miró dentro de su bolso, y ahí estaba yo sin poder dar mi opinión. Pues vaya, ahora ya sabía que no me podía acercar a David porque me tenía alergia. Qué pena.

Nos levantamos y nos fuimos a coger un taxi a la salida del hospital. La pobre Marta estaba con síndrome postraumático. David recuperaba su tamaño normal y su color de piel habitual.

Y yo mientras seguía tan tranquilo dentro del Louis Vuitton. Divinamente.

9

Hace dos semanas que estamos de parón en la serie. Terminamos de rodar el último episodio de la temporada la . semana pasada, y nos han dicho que no tienen claro si va a volver. Hay que esperar para ver cómo funciona y que la cadena decida si quiere otra temporada o no. Aunque sea algo que suele pasar, siempre te da un poco de bajón porque piensas en toda la ilusión que le pones y en todo el equipo…, y da rabia, sobre todo porque te quedas en casa sin curro a la espera de noticias, que eso es lo peor. Esperar.

Aunque ahora era diferente. Por primera vez no me importaba quedarme en casa sin tener que ir a trabajar porque así podía estar todo el día con mi Rufus.

Ya se había convertido en el rey de la casa. Tenía una camita en mi habitación y otra en el comedor. La casa estaba invadida de muñequitos, peluches y pelotitas de todos los colores. David les llama «los Monchinchis».

Era lunes por la noche y nos encantaba estar los tres juntos haciendo noche de sofá y tele. A mí me gustaba especialmente porque, como David estaba medio atontado por el antihistamínico que se tenía que tomar, se ponía muy gracioso.

Justo ese día mientras hacíamos *zapping* me encontré con Alberto semidesnudo en la nueva serie de polis que ponían en la competencia. Y, bueno…, madre mía…, estaba buenísimo. Desde la última vez que lo vi había cambiado mucho. Había pasado de niña a mujer, como Chabeli, pero en hombre. David estaba sentado a mi lado y lo primero que me dijo fue:

—¡Madre de Dios! ¿Pero quién es este chulazo?

Yo me quedé congelada mirando la pantalla, porque no me lo podía creer

—¡Pero si es Alberto! ¡Es amigo mío! Lo conocí cuando llegué a Madrid hace seis o siete años…, y me acuerdo perfectamente que entonces no le salían *castings*, y quería irse a Londres para currar de camarero y estudiar inglés.

—¿Y es gay? —se apresuró a preguntar David entusiasmado.

—¡Nooo! ¡Qué vaaaa…! —Yo me partía de risa—. De hecho, yo le había molado, y a mí me parecía muy mono, pero lo veía un poco *baby* para mí... ¡Pero, jolín! Es que ahora está... para ponerle un piso.

—¡Pues mándale un mensaje, nena! ¡Pero ya! —exclamó David excitado.

—¿Y si no tiene el mismo número? Igual ahora con la serie ha cambiado el número.

—Nada, venga, no busques excusas. Va, trae el móvil, que le vamos a escribir un wasap ahora mismo.

David se levantó del sofá y me dio el iPhone.

—¡Escribe! —me ordenó con su acento del norte.

Yo no estaba muy segura de hacerlo, pero, entre el aburrimiento de estar tantos días sin trabajar y que lo vi tan guapo..., pensé: «Pues venga..., total, ¿qué puedo perder? ¿Y si es el hombre de mi vida?».

«*Hola, Albertito, soy la Torné. ¿Cómo estás? Bueno, ya veo que triunfando como la Coca-Cola con la serie. Me alegro mucho. Te lo mereces. A ver si buscas un día y nos vemos, ¿no? Un beso*».

Mandé el mensaje dándole a la opción de «enviar» mientras miraba a David a los ojos con cara de: «Madre mía, dónde me estoy metiendo». Pero para mi sorpresa, cuando empezaba a pensar que me había equivocado y que no tenía que haber enviado ese mensaje, Alberto me respondió. De hecho, no tardó ni un minuto en hacerlo. Cuando sonó el móvil, David y yo gritamos como dos adolescentes y nos pusimos a saltar encima del sofá como unas locas.

—¡Venga, maja! ¡Que voy a abrir una botella de vino! —David ya se había venido arriba. Le hace falta muy poco, la verdad. Y eso me encanta.

Hacía mucho tiempo que no me lo pasaba tan bien, parecía una niñata.

El mensaje de Alberto decía: «*¡Martita! ¡Pero qué ilusión! Claro que nos vemos. ¿Cómo lo tienes el jueves...?*».

Uf, creo que nunca me había sentido tan excitada por unos puntos suspensivos.

La noche siguió con más mensajes y más tonteo, mientras David y yo nos bebíamos la botella de vino y nos montábamos películas de cómo de maravillosa sería nuestra vida cuando me casara con una superestrella de las series policíacas.

Cuando llegó el día de la cena con Alberto, estaba un poco nerviosa y me pasé toda la mañana tonteando con él por Whatsapp, aunque no pude evitar pensar que yo no fuera la única chica con la que estuviera tonteando ahora que se había convertido en «el chico de moda». Su serie la ven cada miércoles por la noche más de cuatro millones de espectadores y consigue *ratings* que hacía tiempo que no tenía la cadena con una serie de ficción. Pero no podía pensar en eso ahora, yo estaba acabando de arreglarme en casa cuando recibí un wasap que decía:

«*Mejor quedamos dentro. Me están siguiendo*».

Yo me reí. ¿Pero este qué se piensa? Aunque la serie se ha puesto muy de moda, me pareció todo un poco exagerado. Le contesté:

«Ok. (Y un emoticono guiñando un ojo)».

Miré la hora y vi que ya iba tarde. Terminé de mirarme bien en el espejo de mi habitación, que me permite verme de cuerpo entero. La verdad es que el vestido que me había puesto, un poco ajustado de cintura, me quedaba bastante bien, aunque cuando tengo una cita con un chico muy guapo nunca sé qué ponerme. Era un Dolce & Gabanna que me habían dejado de un *showroom* para una fiesta, y que como todavía no había devuelto pues lo aproveché. Me pinté bien los labios de rojo y me puse un buen tacón. Parecía la Bellucci cuando hace las campañas de D&G, eso me dijo David. Creo que exageraba un poco para animarme.

Le puse la cena a Rufus porque no sabía a qué hora iba a volver a casa. Estas cenas en restaurantes con menú degustación pueden durar horas. Yo no sé cómo la gente no se aburre, pero la verdad era que me apetecía probar el que todo el mundo considera el mejor restaurante de Madrid y de paso a ver si conozco un poco mejor a Alberto: yo creo que haríamos una buena pareja.

Cuando ya estaba en la puerta preparada para irme, Rufus se me quedó mirando como si me preguntara: «¿Otra vez sales a cenar fuera?».

—Tranquilo, volveré enseguida, pequeñito, guapo —le dije mientras le encendía la tele para que le hiciera algo de compañía.

Cuando llegué a la puerta del restaurante me quedé alucinada con la cantidad de *paparazzis* que había. Parecía un *photocall* de Paris Hilton. Al principio pensé que se debía a que era la inauguración y por eso había más famosos. Pero a medida que me acercaba me di cuenta de que no había focos ni alfombra ni prensa. Solo *paparazzis* en la puerta. Eso quería decir que habían seguido a Alberto hasta el restaurante y ahora estaban a la espera de «cazar» a quien fuera a cenar con él. O sea, esperaban «cazarme» a mí.

El taxi me había dejado al otro lado de la calle. Desde allí no me veían. Me acerqué caminando lo más rápido que pude, teniendo en cuenta los tacones que llevaba puestos. Me tapé un poco la cara con el abrigo por si alguno de los fotógrafos me reconocía al pasar, pero creo que ni con la cara destapada me hubiera reconocido nadie, la verdad.

Pasé lo más discretamente que pude por la acera hacia la entrada, pero no pude evitar que uno de los fotógrafos me viese y se pusiera a seguirme. Yo aceleré el ritmo para intentar que no me pillara. Pero con los tacones era todo un poco más complicado.

El fotógrafo empezó a gritar a los demás: «¡Es Marta Torné!». Y yo solo podía intentar ir más rápido para llegar antes a la puerta.

El camarero, que vio cómo me acercaba corriendo, estaba ya en la puerta esperándome y me la abrió para que pudiera entrar más rápido y sortear los flashes. Pero era demasiado tarde, algunos flashes habían comenzado a dispararse ya.

El problema fue que con las prisas no calculé bien la distancia con la puerta, me pegué un golpe superfuerte en la rodilla y me caí a cuatro patas. Justo en ese momento empecé a escuchar los pitidos de más flashes y cuando me encogí para tocarme la rodilla, vi cómo empezaban a dispararse de nuevo, todos a la vez.

Ah, muy bien. Perfecto. O sea, que lleváis aquí tres horas esperando y la única foto mía que tenéis es cuando estoy agachada y tocándome la rodilla porque me he dado un golpe. Mucho *glamour*. Sí, señor.

El camarero me ayudó y me sentó en una silla en la entrada del restaurante. Vi cómo la rodilla se me empezaba a hinchar y me dijo que no me preocupase que me traería un poco de hielo.

—Muchas gracias —le respondí yo mientras seguía viendo los flashes de los *paparazzis* al otro lado de la puerta.

En ese momento pensé en salir y regalarles un posado con rodilla hinchada, pero no pude ni levantarme. El golpe que me había dado me dolía de verdad.

—Aquí tiene. —El camarero me dio una bolsa de plástico llena de hielo—. ¿Quiere que la acompañe a su mesa?

—Pues me temo que va a ser necesario. —Le sonreí.

—No hay problema. ¿Qué mesa tiene?

Le contesté que había quedado con Alberto Román, el actor, y me dijo que ya había llegado y que enseguida me acompañaba.

Cuando llegué a la mesa, parecía un herido en un campo de batalla. Iba apoyada al camarero para poder andar bien porque la rodilla me dolía.

El camarero fue muy simpático. Me dejó sentada y me trajo otra silla para que pudiera mantener la pierna en alto con la bolsa de hielo encima de mi rodilla.

—¿Qué te ha pasado? —me preguntó Alberto alarmado al verme llegar.

—Nada. Me he caído en la puerta, justo delante de los fotógrafos —le contesté.

—Joder. De verdad. Llevan todo el puto día siguiéndome. Son muy pesados. ¿No tienen nada mejor que hacer? —dijo Alberto indignado.

—Pues por lo visto no —le respondí.

—¿Estás bien? —Se levantó preocupado—. Mira que salgo y les rompo la cara.

—No. Tranquilo. Estoy bien. Es solo un golpe. Digamos que no hace falta salir y hacer un Sean Penn con los fotógrafos. —Lo tranquilicé yo. Aunque he de reconocer que me excitó un poco que me quisiera defender así ante ellos. No quedaba duda: se había convertido en un machote.

—Si quieren, pueden ir pidiendo el vino. El menú empieza en cinco minutos —nos interrumpió el camarero.

Pero esto qué es, ¿como el teatro, suenan tres timbres o qué? ¿Cómo que el menú empieza en cinco minutos? Qué modernos, de verdad.

Le tuve que recordar al camarero que no me sienta bien el gluten y que soy alérgica al marisco, pero me dijo que no había problema y que adaptarían el menú para que pudiera probarlo casi todo.

Cuando el camarero le retiró la carta, Alberto pidió un vino.

—Tráeme el que quieras. Pero que sea español.

Muy elegante. Sí, señor. Se notaba que entendía de vinos.

Nos empezaron a traer platos de su famoso menú degustación. Y la verdad, no sé si ya estaba cruzada por el golpe, pero no me gustaba casi nada. Todos los platos parecían cuadros abstractos, eso sí. El *look* era muy bonito. Bien de explosión de color y bien de texturas. Eran platos enormes con cuatro salpicaduras de salsa y un poco de comida en el centro. Y luego pretenden que no me quede con hambre.

Fui probando cada plato que nos traían. Comía un poquito de cada uno después de que el camarero nos dijera cada vez qué era y cómo teníamos que comerlo. Qué pesados.

Alberto no paraba de hablar, estaría nervioso. Ya llevábamos tres platos y creo que quedaban como siete más. Parece ser que no me iba a quedar con hambre, después de todo.

Pero, de nuestra cita, la verdad es que yo ya no podía más. Alberto era muy pesado, no paraba de hablar de su trabajo: «… que si esta semana he hecho tres *castings,* que si me he encontrado a dos exnovias que también son actrices y ha sido muy incómodo, que si estoy harto de mi repre y quiero cambiarme, que si la semana que viene tengo el preestreno de una peli y tengo que hacer varias alfombras rojas». ¡Uf! ¡De verdad! ¡Qué pereza!

Solo quería llegar a casa y que me quitase las penas con esos pectorales que tantas veces había visto en el *Cuore.* Pero no paraban de llegar platos. Yo ya había perdido la cuenta. Hacía tres platos que ya ni probaba lo que me traían. A Alberto parecía gustarle la comida, o al menos no paraba de hacer comentarios sobre los platos. Aunque creo que lo hacía por puro esnobismo y para quedar bien conmigo.

Yo no había hablado demasiado durante la cena, pero había sido muy educada y le había soltado un par de bromas con ironía al camarero. Alberto se había reído, lo cual quería decir que íbamos por el buen camino.

Sentía que le gustaba a Alberto, esas cosas se notan. Sé que los nervios que le había notado al principio y la verborrea incontrolable eran porque yo le gustaba de verdad. A estos actores tienes que tratarlos con normalidad porque están hartos de que todo el día les bailen el agua. Y cuando una chica es natural con ellos se quedan alucinados.

Ya estábamos terminando la cena cuando salió el chef de la cocina. Se acercó a nuestra mesa y le dio la mano a Alberto.

—¿Qué tal habéis cenado? Soy un gran fan de la serie —nos dijo.

—Ah…, muy bien. Muchas gracias —contestó Alberto.

—¿Te importa si nos hacemos una foto? —preguntó el chef sin esperar respuesta.

El chef ya tenía el móvil preparado. Alberto y yo nos levantamos para posar y, cuando me disponía a colocar la mejor de mis sonrisas, el chef me dio el teléfono para que les hiciera yo la foto a ellos. Me quedé un poco parada, pero reaccioné enseguida. Me está bien empleado por creída, pensé yo. Luego, para tratar de arreglarlo, el chef le pidió a uno de sus camareros que nos hiciese una a los tres juntos. Así que puse la cara más feliz que encontré y posé con mi sonrisa falsa para la foto.

Después el chef revisaba cada foto y se la hacía repetir al camarero. Nos hizo sacar como diez fotos y en cada una de ellas el chef tenía una postura más ridícula. La escena era un poco surrealista.

Todo el restaurante estaba mirándonos. Alberto parecía encantado con todo el *show*, pero yo ya no sabía dónde meterme. Mi umbral de vergüenza ajena está muy bajo últimamente.

Cuando por fin el chef se volvió a la cocina, Alberto me dijo:

—Qué majo es el chef.

—Sí, muy majo. Espero que al menos nos invite a unos chupitos —dije sin que Alberto llegase a escucharme.

—¿Cómo has dicho? —me preguntó.

—¿Eh...? No, nada —añadí sin darle importancia y cambié de tema.

Mientras yo le proponía algún sitio cerca para ir a tomar una copa, Alberto le pidió la cuenta al camarero, que se acercó para decirnos que estábamos invitados por el chef.

—Si lo llego a saber pido otra botella de vino —bromeó Alberto.

Y yo que pensaba que tenía el gran chollo porque me regalan productos de cosmética, vestidos y zapatos. Aquel día me di cuenta de que estos actores que son tan famosos sí que se lo montan bien. Nunca pagan nada. Pero nunca.

Imagínate lo que tiene que ser salir con Tom Cruise.

10

Llevaba varias horas solo. Ya me había visto una peli, dos series, todos los resúmenes de *Gran Hermano* y estaba bastante enganchado al programa de una tarotista que ayudaba a la gente que llamaba por teléfono para pedirle consejo. En estos momentos es cuando un perro desearía ser humano. Para poder llamar a una tarotista y que me dijera qué hacer con mi vida.

Me gustó especialmente la peli que vi porque el protagonista era un perro, pero no uno cualquiera. Era un jack russell al que llamaban Pancho y en la ficción se suponía que era un perro millonario porque le había tocado la lotería. El perro actuaba bien y la cinta era divertida, pero me pasé toda la película con la sensación de que lo conocía de algo.

No fue hasta el final, mientras veía una secuencia en la que el perro se quedaba mirando al horizonte, cuando caí. ¡Claro, Pancho era el jack russell de la tienda de animales! El mismo que me había dicho que la libertad era poder hacer lo que uno quisiera cuando quisiera, el que se fue con un entrenador de perros. Ahora se había convertido en una estrella de cine.

Guau, pensé. Ojalá algún día yo pueda ser una estrella del cine o de la televisión. Sin embargo, para los yorkshire es más difícil. Nosotros no salimos en tantas pelis ni series. A no ser que mi dueña fuera Paris Hilton, en ese caso estaría todo el rato saliendo en los medios. Pero entonces sería un chihuahua, y eso significaría bajar unos cuantos peldaños en la escala social canina.

Por suerte Marta, aunque a veces tenga también mucha atención mediática, no es Paris Hilton. El otro día la vi en una sección de corazón en la tele donde decían que la pobre llevaba un tiempo sin novio y que ya iba siendo hora de que encontrase a alguien. ¡Pero si me tiene a mí! En fin.

Era tarde, pero oí cómo se abría el portal de la calle. Era Marta. Lo sabía por el ruido que hacían sus tacones al chocar contra el mármol de la entrada del edificio. Y no iba sola, se oían unos pasos a su lado, y también pude percibir unas risas. Esto no pintaba bien.

Abrió la puerta y me abalancé sobre ella con mis saltos y mis ya clásicos movimientos. Cuando entró me fui al sofá para hacer lo que Marta llama «el brikindance» y yo llamo «el recibimiento», que consiste básicamente en rascar el sofá con las patas delanteras y restregar todo mi cuerpo. Una vez que Marta deja su bolso y su abrigo, se trata de mover mucho la cola para que me mire y entonces ella viene al sofá y hay una sesión de «mimayada» reglamentaria de unos minutos en la que ella me da mimos y yo le doy besos en la mano todo el rato.

Pero cuando estaba en medio de mi orgía personal de besos y caricias, me quedé mirando hacia la puerta y mi sorpresa fue enorme. El policía de la serie que había visto esa misma noche en la tele estaba allí de pie sonriendo.

Marta le dijo que se quitara el abrigo y se sentara con nosotros en el sofá. La verdad es que fue muy simpático. Se sentó y empezó a hacerme caricias y a darme mimos con bastante gracia. Siempre que viene alguien nuevo tengo que olerlo primero para saber si es buena persona, y este chico olía a buena persona. Era un poco cortito, eso sí, pero buena persona.

Mientras yo disfrutaba de mi sesión doble de mimos, Marta se fue a prepararle una copa al poli. Bueno, mejor que le llame el actor. Yo ya sabía que en realidad no era poli y que todo eso que dan por la tele es mentira. Que soy perro, pero no tonto.

—¿Te va bien una cerveza? —le preguntó Marta.

—Sí, cualquier cosa que tengas me va bien —contestó mientras seguía dándome mimos.

Yo no podía evitar ver al actor con el traje de poli que lleva en la serie. Aunque habría que matizar eso y añadir «que *a veces* lleva en la serie», porque se pasa más de la mitad del tiempo sin camiseta. Para lucir las muchas horas invertidas en el gimnasio. Y, sobre todo, para el disfrute de todas sus fans.

Marta se acercó con las bebidas y se sentaron muy juntos en el sofá. Se hizo un silencio incómodo que duró menos de un minuto porque enseguida se empezaron a besar.

Me quedé mirándolos al principio, porque no sabía si estaba viendo la tele o la realidad. Era un poco raro. Pero les dejé algo de intimidad y me fui a mirar si Marta me había puesto algo de comida.

Y efectivamente allí estaban mis bolitas con mi loncha de pavo troceado en mil pedacitos como a mí me gusta. ¡Es tan buena cocinera!

Eran ya las cuatro de la madrugada pasadas cuando estaba terminando de cenar; me gusta que en este restaurante no cierre nunca la cocina. Por lo visto la cosa se había ido calentando mientras yo no miraba, porque

Marta ya no llevaba puesto el vestido. Y vi cómo se levantó rápidamente del sofá y fue a poner algo de música.

Puso un disco de Rufus Wainwright que a mí me gusta mucho, se llama *Rufus does Judy at Carnegie Hall*. Se trata de un concierto homenaje que le hizo Rufus a Judy Garland. Todas las canciones son en directo y parecen sacadas de una película musical. Tiene temas tan buenos como «That's entertainment». A mí me encanta, aunque no es demasiado adecuado para esta hora. Es más como de domingo por la mañana. A veces Marta lo pone cuando va a limpiar la casa. Entonces abre las ventanas y sube el volumen a tope. Pero no creo yo que quisiera ponerse a limpiar a esas horas. O quizás sí, con ella nunca se sabe lo que puede pasar.

Vi cómo Marta se dirigía al baño y el actor se quedaba solo en el sofá, así que aproveché para subirme y ver si, ya que le había caído bien, me daba algunos mimos más.

—¿Cómo se llama el perro? —le gritó el actor desde el sofá.

—¡Rufus! —respondió Marta a gritos desde el baño.

La música estaba alta, pero se llegó a escuchar a Marta decir mi nombre.

—Rufus —me dijo el actor policía mientras me acariciaba la barriga—. Te llamas igual que un perro que tenía yo de pequeñito.

De pronto oí un ruido que provenía del baño. Era el ruido de la cisterna e iba acompañado de un olor que reconocí enseguida: el ambientador de canela que usa Marta cuando alguien va al baño. Marta tardaba más de la cuenta y, de hecho, se volvió a escuchar el ruido de la cisterna otra vez, y al cabo de un minuto una tercera vez.

Entonces salté del sofá y me dirigí al baño. Cuando quiero entrar en algún sitio y la puerta está cerrada, tengo un truco infalible. Se trata de rascar la puerta dos veces con mi pata delantera izquierda. Marta lo entendió a la primera y salió a abrirme. Me metió en el baño y cerró la puerta detrás de mí.

El baño era una mezcla muy fuerte de olores. Por un lado, el dichoso ambientador de canela y, por otro, el olor que dejan los humanos cuando algo que han comido no les ha sentado muy bien. Por la cara pálida que tenía Marta mientras se miraba en el espejo, creo que algo de la cena no le había sentado nada bien.

El problema de estos restaurantes modernos y creativos es que muchas veces los estómagos de los clientes que van a cenar allí no son tan creativos como sus chefs y luego pasa lo que pasa: que los clientes se cagan patas abajo.

Claro que si te encuentras mal después de haber cenado un menú chino de diez euros y que te lo han traído a casa, pues mala suerte. Pero cagarse patas abajo después de haber pagado más de cien euros por un menú degustación es como para pedir que te devuelvan la pasta. Yo lo haría. Bueno, a mí no me dejarían entrar en un restaurante de esos. Demasiado finos son ellos para tener perros, pero luego el olor que dejan sus clientes en los baños no es muy fino, que digamos.

Marta estaba pálida, la pobre. No sabía ni si podría salir del baño. Cuando por fin reunió las fuerzas suficientes para hacerlo y consiguió llegar hasta el salón, se encontró con el actor, que se había desnudado por completo y se había tumbado en el sofá tapándose sus partes nobles con un gorro de lana que había encontrado en el colgador de la entrada. Pero el gorro se aguantaba solo tapando sus partes. Él tenía las manos detrás de la cabeza y digamos que su miembro estaba lo suficientemente erecto como para que se aguantase el gorro sin caer al suelo.

La cara que puso Marta cuando lo vio fue para hacerle una foto y subirla a Instagram. Se quedó con la boca abierta y no pudo decir nada durante unos segundos. Al cabo de lo que pareció una eternidad reaccionó.

—Eh…, no sé yo si esto es una buena idea —dijo Marta.

Pero todavía no había terminado de pronunciar la palabra «idea» cuando al actor no se le ocurrió nada mejor que decir un «¡Tacháááán!» al mismo tiempo que tiraba el gorro al suelo dejando al descubierto un pene erecto de un tamaño bastante considerable para ser de un humano.

Marta se quedó con la boca más abierta todavía y seguía sin poder reaccionar a lo que estaba sucediendo. De pronto el actor pareció darse cuenta de que algo no estaba saliendo como él había pensado.

Como para no darse cuenta. Ya decía yo que era un poco cortito.

—Lo siento, pero será mejor que te vayas —le dijo Marta por fin.

El actor se quedó tan cortado que se le subieron los colores a las mejillas y se puso colorado como no había visto a nadie hacía tiempo.

—¿Lo dices en serio? —preguntó el actor con dudas.

Será tonto. Claro que lo dice en serio. ¿No ves cómo está, la pobre?

—Sí, claro. De verdad, que me encuentro fatal. Algo de la cena me ha sentado mal —respondió Marta casi sin energía.

—Ah…, ostras, lo siento. Entonces será mejor que me vista —dijo el actor.

Por fin lo pilló. Realmente no entiendo cómo ese chico era capaz de aprenderse varias páginas de un guion.

Su cerebro no daba para más. Pero, claro, ahora lo entendía todo: necesitaba todo el riego sanguíneo posible para alimentar aquella anaconda que tenía y no le quedaba casi para el resto de su cuerpo.

El actor se vistió y se puso el abrigo mientras Marta se envolvía en una manta.

—¿Seguro que no quieres que llame a un médico o algo? —le preguntó antes de abrir la puerta del apartamento.

—No te preocupes. No hace falta. Muchas gracias —contestó Marta muy educadamente.

—¿Nos veremos otro día? —insistió el actor.

—Sí, claro, cuando quieras. Siento mucho que te tengas que ir, pero de verdad que es lo mejor. Me encuentro fatal —le dijo Marta, que se despidió de él con dos tímidos besos en las mejillas y cerró la puerta para quedarnos por fin tranquilos.

Pero, cuando el actor se fue, Marta se echó a reír ella sola mientras recogía el gorro que había quedado en el suelo del salón.

Antes de irse a dormir a su habitación, Marta se extrañó de que, con tanto lío, David no se hubiera despertado y llamó a su puerta, que estaba cerrada. No hubo respuesta. Volvió a llamar. Nada.

Finalmente abrió la puerta y vio que la cama estaba hecha y que la habitación estaba exactamente igual que hacía dos días. Marta se quedó muy preocupada y fue a buscar su móvil. Marcó el número de David pero saltó el buzón de voz enseguida como cuando un móvil está sin cobertura o se ha quedado sin batería.

Yo se lo quería haber dicho antes. Ya sabía que David hacía dos noches que no aparecía por casa.

11

UN DÍA DE CALOR EN INVIERNO

Me había ido a dormir muy preocupada, pero pensé que David ya era mayorcito como para saber lo que hacía con su vida. Al despertarme por la mañana y ver que todavía no había llegado a casa, empecé a pasar de la preocupación al catastrofismo. ¿Y si le había pasado algo grave y estaba inconsciente en un hospital? ¿Y si había tenido un accidente?

David es un poco desastre y nunca lleva el DNI encima, si por cualquier cosa lo hubiesen llevado a un hospital y hubieran querido avisar a algún familiar, estoy segura de que no hubieran podido. Y con todo el tema de su celiaquismo y las alergias, no era tan descabellado pensar que algo malo le podía haber pasado.

Además su móvil seguía dando apagado o fuera de cobertura, qué rabia me da cuando sale ese mensaje. Eso significaba que se había quedado sin batería y no llevaba el cargador encima. Hay que ver qué manía tienen los hombres con eso de no llevar bolso.

¿Por qué no inventan un bolso para hombres? Aunque pensándolo bien hubo un tiempo en que se pusieron de moda las «riñoneras», que era eso tan feo que llevaban algunos tíos para meter sus cosas dentro cuando no les cabían en los bolsillos. Con lo estiloso que es David, yo no creo que haya llevado una riñonera en la vida. Antes llevaría un bolso. Pero eso sí, si llevara un bolso, tendría que ser uno bueno.

David es de los que tarda más en arreglarse que una mujer. Supongo que es por deformación profesional, por eso de que trabaja como estilista de vestuario. La cuestión es que no puede salir de casa si no va perfectamente conjuntado. Muchas veces soy yo la que tengo que esperarlo a él.

Si David llevase un bolso, sería un Birkin de Hermès. Estoy segura. Es el bolso que mandó diseñar Jean-Louis Dumas, el jefe de la marca, en 1982, después de ir sentado al lado de la actriz Jane Birkin en un avión de París a Londres. Resulta que a la actriz se le cayó todo lo que llevaba en el bolso en medio del avión y le dijo al jefe de Hermès que había tenido serios problemas para encontrar un bolso de piel lo suficientemente grande para llevar las cosas que necesitaba para un fin de semana. El ejecutivo se quedó con la idea y al cabo de dos años le hizo llegar el bolso con su nombre grabado. Así es como se conoce el bolso más caro y exclusivo del mundo y del que se dice que tiene una lista de espera de varios años para conseguirlo.

Si David no hubiera querido esperar tanto, tendría el modelo clásico de Chanel, el que diseñó la mismísima Coco Chanel porque estaba harta de ir a las fiestas y tener que sujetar el bolso con las manos. David es de morro fino, nada de segundas marcas. Como decía mi abuela, tiene gusto de rico y bolsillo de pobre.

Recuerdo una vez que teníamos que salir para ir a dar una vuelta a comprar cuatro cosas por el barrio. Yo iba vestida de cualquier manera, con un pantalón de chándal y unas zapatillas. Se suponía que íbamos al súper y volvíamos a casa. Pues David estuvo un buen rato mirando cómo le quedaba un pantalón de pinzas de esos que van cortos y dejan ver los calcetines y que ahora están tan de moda entre las modernas de Malasaña. Porque no sabía si ponerse unos calcetines u otros en función del zapato que llevaba. Total, que me tuvo media hora esperando sentada en el sofá con el abrigo puesto. Y cuando ya no podía más le dije:

—Oye, guapa, que no vamos a un desfile. Que vamos a comprar al súper de la esquina.

David se indignó muchísimo y me dijo que él no salía de casa ni para tirar la basura si no estaba cien por cien contento con su *look*. Además en Madrid nunca sabes dónde puedes terminar. Vas a comprar al súper y te encuentras a alguien que hace tiempo que no ves, te tomas unas cañas y acabas a las cuatro de la madrugada en cualquier antro y todavía vas cargando con las bolsas de la compra.

En eso David tenía razón. A mí me ha pasado alguna vez. Es lo que tiene Madrid, que la vida social es muy importante y una siempre tiene que estar preparada.

Pero ese día yo no estaba preparada. Estaba muy nerviosa porque David no había aparecido por casa desde hacía dos días. Entonces decidí que no podía quedarme esperando sin hacer nada y llamé a Quique, uno de los mejores amigos de David.

Quique es de Carabanchel, pero vivió un tiempo en Logroño, donde conoció a David en la escuela de arte en la que estudió, y desde ese momento David y él se hicieron íntimos amigos. Entre ellos se llaman «las Hermanas Urtain». Yo creo que es una derivación de una broma con las Hermanas Hurtado, pero como David es muy del norte, se pusieron Hermanas Urtain, como el famoso boxeador. La cuestión es que se les ha quedado y cuando están juntos siempre se hacen llamar así.

Tuve que llamar a Quique unas diez veces antes de que me cogiera el móvil.

—¿Qué pasa? —me respondió con voz de ultratumba.

—Siento despertarte, Quique, pero es que estoy muy preocupada por David y quería saber si tú lo has visto.

—Claro. Lo vi ayer por la noche. ¿Por qué? —me dijo.

—Pues porque hace dos noches que no viene por casa —le respondí preocupada.

—Pues no sé. Ayer fuimos al Rick's porque pinchaba La Piti. Pero yo me retiré como a las cinco y creo que David seguía. No te preocupes.

—Hombre, pues sí me preocupo. Porque si lleva más de cuarenta y ocho horas sin dormir le puede dar un jamacuco. Que ya tenemos una edad y últimamente está más delicado con lo del gluten y las alergias.

—¿Qué hora es? —me preguntó Quique al otro lado del teléfono.

—Son las doce y media pasadas —le respondí yo un poco enfadada.

—Tranquila. Dame media hora y paso por tu casa y lo vamos a buscar. Creo que sé dónde puede estar —me intentó tranquilizar Quique.

Colgué el teléfono y me quedé todavía más preocupada que antes. No era normal que David se pasase dos noches seguidas de marcha y no me avisara de que no iba a venir a dormir a casa. Es verdad que algunas veces cuando salíamos de marcha y había ligado con un chico pasaba la noche fuera para no molestarme con sus orgías locas, pero lo de estar dos noches fuera no era normal.

Quique me llamó al timbre a la una y media. Le puse el jersey rojo y el arnés a Rufus y bajé volando para encontrármelo con gafas de sol y tomando una caña tranquilamente en el bar de debajo de mi casa.

—Lo mejor para la resaca es una buena caña —me dijo.

—Venga, déjate de cañas y vamos a buscar a David. ¿Dónde dices que puede estar?

—Pues a estas horas solo puede estar en el Heaven o en el Babylon.

Los dos sonaban a sitios en los que preferiría no estar un domingo a la una y media del mediodía.

Era un domingo soleado de invierno de esos que solo hace en Madrid. De esos días en que, a pesar de hacer frío, el sol te calienta y te apetece incluso sentarte en una terraza a tomarte un vermut y un aperitivo. Lo último que me apetecía era meterme en un *after* que se llamaba Heaven o en otro que se llamaba Babylon. Yo no soy de ir a *afters*. Me encanta salir de noche y pasármelo bien, pero en cuanto veo que está amaneciendo se me corta el rollo y me tengo que ir a casa.

—El Heaven está aquí al lado, en la calle Barceló. Podemos acercarnos y pregunto si lo han visto por ahí —me dijo Quique mientras se terminaba la caña.

—Vamos —le ordené toda decidida.

—¿Y Rufus? —me preguntó Quique—. ¿También viene?

—Pues claro. Si ya ha estado en el Museo del Prado y en el Lady Pepa, ¿por qué no puede ir al Heaven?

Quique se rio. El Lady Pepa es un antro de Malasaña que fue muy famoso en los años ochenta, un café teatro donde han actuado Joaquín Sabina, Enrique Urquijo y Antonio Vega, entre otros. Y más de alguna noche hemos terminado allí comiendo espaguetis a las seis de la mañana.

Nos pusimos en marcha y cuando llegamos a la puerta del Heaven, vimos que estaba cerrada. Quique me dijo que era normal, que a estas horas había que ir por la puerta de atrás. Nos acercamos a la puerta de atrás y llamó al timbre.

Nos abrió un gorila de dos metros que tenía cara de cualquier cosa menos de estar contento de vernos. Supongo que ya llevaba muchas horas ahí como para tener ganas de irse a casa y finiquitar el fin de semana. Pero cuando vio a Quique le cambió la cara.

—Hombre, Quique… ¿Qué tal estás? —le dio la mano y a mí ni me miró.

—Bien, Jesús. ¿Oye, no habrás visto entrar a David, verdad? —le preguntó.

—Pues, que yo recuerde, no. Pero si quieres entrar y echar un vistazo, tú mismo. Ya no queda mucha gente. Si está, no te costará encontrarlo.

Quique me dijo en voz baja que esperase en la puerta, que volvía enseguida.

Y yo me quedé ahí con Rufus y el portero con cuerpo de gorila que me miraba sin dejar de sonreír. Ninguno de los dos sabíamos de qué hablar.

—Está haciendo más calor, ¿no te parece? Ya se empieza a notar la primavera que se acerca —le comenté.

Cuando no sabes de qué hablar con alguien, el clásico tema de conversación es el tiempo.

—Sí. Yo tengo unas ganas de que llegue ya el verano que no puedo más —me respondió el gorila con mucha confianza.

Claro, para un portero de discoteca que tiene que pasar muchas horas de noche en la puerta de un local, los meses de invierno tienen que ser mucho más duros que los de verano.

Por suerte para nuestra conversación meteorológica, Quique salió enseguida. Iba solo.

—Aquí no está. Vamos al Babylon —me dijo—. Gracias, Jesús. Nos vemos pronto.

—Cuando quieras, Quique. Aquí estaremos —se despidió el gorila.

Fuimos andando por la calle Fuencarral hasta llegar a la Glorieta de Bilbao y cuando pasamos por delante de un *sex shop* Quique me dijo:

—Es aquí.

—¿Aquí? ¿En el *sex shop?* —le pregunté sorprendida.

—Bueno, se entra por el *sex shop,* pero el *after* está en la parte de atrás.

—Ah…, muy bien. Pues vamos —le dije yo tan tranquila.

En ese momento, al abrir la puerta del *sex shop,* me llegó el olor que desprendía y me vino a la memoria un día de verano que acompañé a David a hacer unas devoluciones de vestidos a unos *showrooms.*

Era un viernes por la tarde y estábamos los dos cansados de trabajar toda la semana. Así que cuando salimos del *showroom* y volvíamos a casa paseando por la calle Montera David me dijo:

—Estoy tan cansado que ahora entraría en un *peep show.* —Y se quedó tan tranquilo.

Como yo no había ido nunca a un *peep show* no sabía ni lo que era. Me sonaba a algo porno, pero no había estado en ninguno.

—¿Nunca has estado en un *peep show?* Eso tenemos que solucionarlo, maja —repuso y me agarró de la mano para cruzar la calle.

David y yo entramos juntos en una cabina y cuando metimos la moneda y se subió la ventanita, vi que había una pareja follando en una cama redonda que daba vueltas. Me quedé muerta. La pareja no parecía muy motivada. El chico era mono, la verdad, pero ella estaba muy operada y no tenía ninguna gana de estar ahí un viernes por la tarde. Había más gente mirando en las otras ventanitas. Yo no dejé de reír el tiempo que estuvimos allí, supongo que de los nervios, y cuando se empezó a bajar la ventanita no encontrábamos más monedas pero queríamos seguir mirando. Era hipnótico.

Aunque hipnotizada es como me había quedado yo al abrir la puerta del *sex shop* hasta que Quique me dijo:

—Vamos a buscar a David, anda.

12

Cuando se abrió la puerta, me golpeó en el hocico un fuerte olor que era una mezcla de desinfectante y ambientador barato. Miré a mi alrededor intentando sacar la cabeza desde dentro del bolso de Marta. Nunca había estado en un sitio así, y mira que en la tienda de animales donde había vivido había visto cosas raras. Me recordaba a algo pero no sabía a qué.

Estábamos en una tienda, eso sí lo sabía, porque tenían una caja registradora en el mostrador de la entrada. Pero vendían cosas muy extrañas. Todas las vitrinas de la entrada estaban llenas de réplicas de penes humanos en diferentes tamaños y colores.

Todos estaban perfectamente alineados como si fueran maquetas. Como si fueran réplicas de aparatos reales.

De hecho, recuerdo que había uno que se parecía mucho al que nos enseñó el actor de la serie de policías la noche que vino a casa.

También había otras vitrinas con látigos y máscaras de cuero que parecían sacados de una película de miedo. Había algún maniquí que llevaba puesta una máscara de esas que tienen una cremallera en la boca y un collar de perro con pinchos atado a una correa. Supongo que hay gente que debe de comprar eso para llevarlo por casa, porque para salir a pasear con su perro no creo que sea.

Marta y Quique iban mirando hacia los lados y Quique saludó con la mano a una mujer que ojeaba unos catálogos detrás del mostrador. Por suerte, la mujer levantó la vista del catálogo, pero no me vio. Yo estaba seguro de que ahí no dejaban entrar a perros. Si del Prado nos echaron casi a patadas, no quería ni pensar lo que nos podían hacer como nos pillasen allí.

Llegamos a una puerta en la que había un portero parecido al del sitio del que veníamos. Era un pedazo de bestia de casi dos metros vestido con una chupa de cuero, y llevaba unas gafas de sol. Fuera hacía mucho sol, pero en la tienda no había ventanas y todo estaba iluminado por fluorescentes. Debía de tener fotofobia como Almodóvar. Pobre hombre.

Quique lo saludó y le dijo que solo veníamos a buscar a David, que si lo había visto entrar. El portero respondió que había entrado con unos amigos hacía unas tres horas, pero que si queríamos entrar teníamos que pagar.

—Diez euros con consumición —dijo el portero.

—Pero si solo venimos a buscar a un amigo —protestó Quique.

—Aquí todos vienen a buscar amigos —contestó el portero.

—Déjalo, ya lo pago yo —zanjó finalmente Marta.

Puso la mano en el bolso para sacar su monedero y de paso me dio un par de mimos y me metió al fondo del Louis Vuitton para asegurarse de que el portero no me veía.

Cuando le dio los veinte euros, el gorila les entregó dos entradas cutres de papel con un número y un tampón de tinta en el que podía leerse la palabra «Babylon». La de Marta era el número 666 y la de Quique el 667. No es que sea un detalle muy importante, pero me quedé con los números. Debo de tener un don especial para memorizarlos. Siempre me acuerdo de los números simplemente con verlos una vez. Como Dustin Hoffman en *Rainman*. Pero creo que en la peli él interpretaba a un autista y los perros, que yo sepa, no podemos ser autistas.

Bajamos unas escaleras que nos llevaban a un sótano en el que había un neón donde podíamos leer de nuevo la palabra Babylon. Aquí la luz era mucho más tenue y por los altavoces se escuchaba una música *techno* a un volumen bastante considerable que perturbaba mis finos oídos de yorkshire.

Yo no soy muy de *techno*. Me gusta todo tipo de música, desde el *indie* al *house*. Pasando por pop comercial o incluso rock duro y metal. Pero reconozco que hay un cierto tipo de música que no puedo con ella. El *techno*, cuando solo es «chumba chumba», es que simplemente no me parece música. Que digan lo que quieran los expertos en música electrónica, pero a mí me parece solo una base repetitiva que suena todo el rato igual.

Pero si hay un tipo de música que no soporto es el *reggaeton*, y eso que dicen que el baile que va con esa música es «el perreo». Se supone que debería tener algo que ver conmigo, ¿no? Pues no. Solo se trata de unas niñas moviendo la cadera como si no tuvieran huesos y unos chicos cantando letras machistas y ofensivas. Me parece insoportable.

Por suerte para mí, al menos, el *techno* que se escuchaba en el Babylon no tenía letra. Pasamos por delante de algunas salas en las que había chicos y chicas sentados tomando una copa. Eran como unos reservados con unos sofás que parecían muy cómodos. Estaban justo al lado de una fuente con agua y unas plantas que hacían pensar que el decorador del espacio se había tomado algo antes de ponerse a crear. Desde los reservados se podía ver a gente bailando a través de una pantalla de televisión. Había más chicos que chicas bailando. Eso sí. Pero parecía que todos se lo estaban pasando la mar de bien. Había buen rollo.

Seguimos avanzando hasta que llegamos a una sala más grande donde estaba la pista de baile. Allí estaban bailando los chicos que habíamos visto por la pantalla en los reservados. Iban vestidos, o mejor dicho disfrazados, como si fuera carnaval.

Algunos llevaban unas botas de plataforma altísimas que eran casi como zancos. Otros llevaban alas de ángel en la espalda y había muchas pelucas y mucha purpurina.

Marta y Quique fueron avanzando entre la gente hasta que se encontraron a David dándolo todo en medio de la pista. Cuando David nos vio, corrió para abrazarnos. Estaba mucho más cariñoso de lo habitual. Era como si de pronto su carácter del norte se hubiera suavizado. Parecía más de Cádiz que de Logroño.

David intentaba hablar por encima de la música, pero era imposible escuchar lo que decía. Nos presentó a Susy y a Penny, que eran dos de las travestis que nos encontramos en la Casa de Campo el primer día que Marta me sacó a pasear al salir de la tienda de animales.

Susy se acordó de Marta y del día en que nos encontramos en la Casa de Campo y empezó a gritar mi nombre por encima de la música.

—¡Rufus! ¡Rufus! —gritaba Susy a todo pulmón por encima del *techno*.

Al escuchar mi nombre, al principio pensé que a algún *disc jockey* se le había ocurrido ponerle letra a una canción *techno* y que decidió usar mi nombre. Qué tontería, pero al sacar la cabeza me di cuenta de que era Susy la travesti la que no paraba de llamarme.

Marta quería evitar a toda costa que me vieran, pero con tanto nombre yo no podía hacer nada más que sacar la cabeza del Louis Vuitton. Así que finalmente Susy me vio y se acercó al bolso de Marta.

—¡Pero si está aquí Rufus! —gritaba Susy como una loca.

Quique hablaba con David para intentar convencerlo de que debían salir de allí. Y Marta trataba de decirle a Susy que me dejara tranquilo porque si nos pillaban nos iban a echar a todos del local.

Pero Susy también estaba muy cariñosa y lo que parecía apetecerle más, aparte de bailar, era hacerme mimos. Y como yo no me puedo resistir a unos mimos, estaba todo el rato intentando salir del bolso de Marta.

Por fin Quique logró convencer a David para que le acompañara a uno de los reservados y poder hablar tranquilamente. Marta, Susy y yo les seguimos dejando atrás el *techno* ensordecedor. Menos mal. Ahora al menos podía estar un poco tranquilo.

Al llegar al sofá, David sacó una botella de agua que llevaba en el bolsillo y de la que bebía sin parar. Quique le preguntó si se encontraba bien. A lo que David le contestó que estaba perfectamente. Cuando Marta le preguntó cuántas horas llevaba sin dormir, David se quedó descolocado.

—¿Qué hora es? —preguntó despistado—. Me he quedado sin batería en el móvil.

—Es la una del mediodía. Del domingo —respondió Marta, que tenía cara de estar un poco molesta con él.

—Ah…, pues no sé. Salimos el viernes y todavía no hemos parado —dijo David sin dejar de dar sorbos a la botella de agua.

—¿Y cuánto tiempo llevas sin comer nada? —le preguntó Quique.

—Pues creo que comí una pizza sin gluten ayer. Pero no sé a qué hora. —David tenía una sonrisa de oreja a oreja—. Pero qué bien que estéis aquí, ¿no?

Susy, sentada en el sofá al lado de Marta, estaba emocionada conmigo. No paraba de meter la mano en el bolso para poder acariciarme. Ahora que la veía con más luz podía reconocer la peluca y las pestañas postizas que llevaba. El maquillaje, o lo que quedaba de él, era propio de una travesti. Iba más pintada que una puerta, aunque a estas horas parecía una puerta decapada de esas que hay en las casas rurales que salen en las revistas de decoración.

Marta le dijo a David que lo mejor sería que nos fuéramos para casa, que le prepararía un buen caldo y descansaríamos un rato.

David tenía las pupilas muy dilatadas y nos miraba a todos con una sonrisa enorme. Susy le dijo a David que era lo mejor que podía hacer. Ella también tenía que volver ya a casa para arreglarse e ir a trabajar. Resulta que los domingos por la tarde había mucha demanda en la Casa de Campo.

Quique la ayudó a levantarse porque Susy llevaba unos tacones de quince centímetros. Me dijo adiós primero a mí y me mandó un beso con la mano como de Marilyn Monroe. Luego se despidió de los demás.

David tenía que recoger sus cosas del guardarropa y no encontraba el número que supuestamente le habían dado. Marta le dijo que ya iba ella a buscarlo, pero al llegar al guardarropa le dijeron que ya no había servicio. En algún momento de la noche, David había perdido su chaqueta con el móvil y todo lo que llevaba en los bolsillos. Pero no recordaba ni dónde ni cuándo.

Ya eran las dos y media de la tarde cuando finalmente conseguimos salir del Babylon, y los bares de pinchos y tapas de Malasaña estaban a tope. Pasamos por la Bodega la Ardosa, en la que no cabía ni un alma. David propuso tomarnos una caña, pero Quique me miró y le convenció para que nos fuéramos a casa.

Al llegar al portal, ya llevaba un buen rato aguantando y no podía más. Así que aproveché para hacer mis necesidades encima de la tapa de la alcantarilla de la calle. Siempre doy dos vueltas de reconocimiento antes de hacerlo. Es una costumbre como cualquier otra.

El problema es que a veces Marta no lleva la bolsa de plástico para recogerlo y entonces tiene que echar mano de un clínex o, en el peor de los casos, disimular y hacer ver que mira para otro lado. Ese día tuvo suerte porque la papelera de al lado estaba llena de bolsas para perro, y Marta aprovechó y cogió unas cuantas. Total, pagaba la Botella.

Marta, Quique, David y yo subimos a casa. Nada más llegar, Marta le dijo a David que mientras le hacía el caldo se metiera en la ducha, que olía a tigre. Quique fue a ayudarlo.

Al principio me quedé en el sofá haciendo mi «brikindance», pero, cuando vi que Marta no me hacía mucho caso, me fui hacia la habitación de David. Quique estaba ayudándolo a desvestirse y tenía abierto el armario para coger algo de ropa cómoda para después de la ducha.

Y fue entonces cuando recordé dónde había visto antes las máscaras de cuero del *sex shop:* en el armario de David. Tenía todo un arsenal de artículos de piel: gorros, tangas, chalecos y algún látigo también había. Le faltaba el collar de pinchos y la correa. Si algún día se lo compraba, podíamos ir los dos a pasear juntos.

Él tirando de mi arnés y yo de su correa.

13

ALGO SALVAJE

El verano había llegado para quedarse. En Madrid pasas del abrigo a las chanclas. Un buen día estás con el plumas y al día siguiente te achicharras. Me encanta cuando eso sucede. Las calles se abarrotan de gente y todo el mundo está como eufórico. Es verano. Huele a verano. Y yo soy feliz.

Parece que te vas a comer el mundo, que te vas a enamorar en cualquier momento o que Almodóvar te va a llamar para que seas la protagonista de su próxima película.

Después del susto que tuvimos con David, estas últimas semanas habíamos hecho una vida mucho más familiar. Él se había comprado una bici y hacía una vida muy sana y se cuidaba muchísimo. Y yo, al estar sin trabajar, me había quedado muy tranquilita en casa con

Rufus. Nuestra vida consistía en pasear, ir al mercado, cocinar y ver películas. Algunos días me acordaba aún de Miguelito y eso me fastidiaba: ¿por qué no podía olvidarlo y punto? David decía que lo que yo necesitaba era un novio y tal vez tuviera razón.

Esa semana se estrenaba la serie que había estado grabando y de la que todavía no sabíamos si se haría la segunda temporada. Debíamos promocionarla al máximo para que el estreno fuera un éxito: ese día tocaba sesión de fotos. Para ser sincera, es una de las cosas que menos me gusta hacer. Prefiero mil veces más las entrevistas. Pero no, tocaba fotitos. Lo más complicado. Y aunque no lo parezca, hacer de modelo es muy difícil. Hablo en serio. Tú ves las fotos y piensas: «Bah, eso es una chorrada que lo hace cualquiera que sea un poco guapa». Pero qué va: es superdifícil, a mí al día siguiente me duelen hasta las pestañas.

Por no hablar de cuando llegué al *shooting* y vi la ropa que me tenían preparada, ya me puse de mal humor: que si este vestido es demasiado corto, que si este otro me aprieta mucho o me sobra por todas partes. Como normalmente esa ropa es la misma de las modelos cuando desfilan, pues imaginaos cómo son las tallas. Diminutas.

—Marta, quédate tranquila, que estás en las mejores manos posibles. Sergio Vegas es el que siempre le hace las fotos a la Pataky y a Penélope —me decía mi repre mientras me montaba en el taxi para ir a la sesión.

Yo no había escuchado su nombre en mi vida, así que de camino al estudio aproveché para cotillear un poco sobre él en Google. Tenía unos treinta y pico y, aunque llevaba el pelo muy canoso, le quedaba bien. Se notaba que se cuidaba mucho. Era atlético y muy alto y, a pesar de que en las fotos salía bastante serio, se le veía interesante.

Cuando llegué, la puerta estaba abierta y sonaba una música *house* a tope que se escuchaba desde la calle. Al entrar encontré un espacio enorme con los techos altísimos y de estilo industrial. En el centro había una jaula como de zoo, muy grande y dorada, y en un lado, junto a la pared, cientos de pares de zapatos, todos de tacón muy alto y muy bien ordenados, así como un montón de prendas de vestir colgadas en burros de ropa.

Me recibió una chica supermona y moderna con una sonrisa enorme y una copa de champán.

—¡Hola, querida! Soy Suzanne, tu estilista. Eres Marta, ¿verdad? ¡Encantada! ¿Quieres una copita de champán?

—¡Pero si son las doce de la mañana! —Yo me moría de la risa.

—¡Qué más da! ¡Es Moët Rosé!

—Venga, va, sí. —La verdad es que me vendría bien relajarme un poco—. Pero ¿no hay nadie más?

—De momento nosotras y el maquillador, Floren. Está en el baño. Sergio llegará cuando estés lista para disparar las fotos. Tú relájate, que Sergio es lo más.

Y eso es lo que hice, relajarme. Al cabo de un rato ya me encontraba en el séptimo cielo. Todo era divino, y me sentía Kate Moss. Cuando llegó Sergio ya llevaba tres copitas de champán y estaba súper a gusto. Y vaya si lo estaba porque, cuando me dijo que me tenía que meter en la jaula dorada, me pareció maravilloso: tenía que hacer ver que era como un animal salvaje mientras sonaba «Atomic» de Blondie.

—Muy bien. Me gusta. Pero más salvaje, que parezca que no te importe que esté yo aquí con la cámara —me decía Sergio—. Bueno, mejor que parezca que te gusta —añadió mientras me guiñaba un ojo.

—No puedo estar más encantada de estar aquí —le respondí sin pensármelo y mientras me mordía el labio.

Él se quedó helado y se hizo un silencio que se rompió cuando empezó a sonar «First of the Gang to die» de Morrissey. Me sonrió y se tapó la cara con la cámara. Sentí esa sensación en el estómago, la misma que cuando bajas una montaña rusa. Madre mía, con lo que me gusta Morrissey y el champán..., y hacer algo salvaje. Este tío me encanta.

Cuando terminamos me enseñó algunas fotos en la pantalla del ordenador. Me comentó que él no retoca nunca a las actrices porque así salen más auténticas. Yo me veía fea en las fotos, pero eso siempre me pasa. Me retoquen o no me retoquen. Muy pocas veces me gusto en una foto. Es algo que no puedo evitar. Supongo que les pasa a muchas chicas.

Me preguntó si me gustaban las fotos.

—Si tú estás contento, yo también —le dije yo muy educadamente.

—¿Ahora te vas a poner seria? —Me había pillado, así que me quedé callada. Este tío me imponía mucho, me dejaba descolocada, me volvía tímida, y cuando eso me pasa solo significa una cosa: que esa persona me gusta mucho.

Cuando el resto del equipo ya se marchaba, Sergio me preguntó:

—¿Te apetece cenar algo por aquí cerca? —Lo soltó sin darle ninguna importancia y sin dejar de mirar hacia la pantalla del ordenador.

—Estoy cansada, pero algo tendré que cenar. Y mi nevera hace eco. Así que, sí, vamos por aquí cerca, ¿vale? —respondí yo dándole la misma poca importancia.

—Guay. Conozco un mexicano buenísimo que está a la vuelta de la esquina. Cámbiate, que te espero —me dijo Sergio.

Me fui a cambiar. Me vestí con las mallas de ir a correr, mis zapatillas deportivas supercómodas y una blusa ancha. Claro, esa mañana me puse lo más cómodo que encontré. ¿Quién me iba a decir a mí que iba a acabar teniendo una cita? Y para compensar un poco opté por no tocarme el maquillaje y el pelo. Total, cuando estás cenando lo que más ves es la cara.

Al salir del camerino, Sergio me estaba esperando con la chaqueta puesta y se me quedó mirando con una expresión un poco rara.

—¿Ya estás? —me preguntó.

—Sí, claro… Vamos, ¿no? —le respondí yo un poco chulita.

—Vale, vale. Vamos. Me muero de hambre —iba diciendo mientras caminaba hacia la puerta.

Yo le seguí hasta que me quedé congelada delante de un espejo al verme: estaba maquillada como una *drag queen.* Con los ojos negros, pestañas postizas, purpurina, el pelo crepadísimo, y la boca supermarcada también. Claro, me habían maquillado como una leona sexi. De ahí lo de la jaula. La verdad es que estaba guapa, pero combinado con el chándal era la mezcla más rara que había visto nunca. Ahora entendía por qué me miró tan raro cuando me vio salir del camerino. Encima no me dijo nada: qué mono.

Enseguida llegamos a un mexicano que se llamaba Barriga Llena o algo por el estilo. Nos sentamos a una mesa del fondo. El restaurante estaba lleno porque había un grupo que celebraba una cena de empresa. Es decir, la típica cena donde los trabajadores beben más de la cuenta y se atreven a decir al jefe todas las cosas que nunca se atreven a decirle.

El camarero nos trajo la carta y me empecé a poner nerviosa porque no sabía qué pedir y veía en las otras mesas que todo llevaba cantidades industriales de queso. Al final me decanté por un cóctel margarita y le dije a Sergio que ya picaría algo de lo que él tomara. Él no paró de pedir: burritos, enchiladas, tacos, y no sé cuántas cosas más. Además, para beber se pidió una cerveza y un chupito de tequila añejo.

Me daba la sensación de que la noche iba a ser larga. Sobre todo por la cantidad de comida que había pedido Sergio, pero también porque como apenas había comido nada en todo el día el margarita me entró muy bien y sin darme cuenta ya le estaba haciendo ojitos a Sergio, y todavía no nos habían servido la comida.

Sergio empezó a contarme todos sus planes de futuro y yo hacía ver que le escuchaba muy atentamente. Me dijo que quería cambiarse de estudio para coger uno más grande que le permitiera tener un plató enorme dentro y poder disparar siempre que quisiera. Y luego también me empezó a contar cotilleos de las otras actrices. Esto ya se ponía más interesante. Que si hay una que se ha operado las tetas y le ha quedado un pezón mirando para Cuenca, que si la otra se le desmayaba en la sesión de fotos porque solo comía un kiwi al día. Al final te das cuenta de que todas las actrices están fatal. Y yo que pensaba que estaba chalada por dejarle la tele puesta a mi perro.

Al cabo de un rato me animé y empecé a picar un poco de los tacos. La verdad es que estaban muy buenos, eran de un típico plato mexicano llamado cochinita pibil. Entre los margarita *blue* y los tacos yo también me relajé y le empecé a contar mi vida.

Le dije a Sergio que ya llevaba un tiempo sin novio y que estaba un poco harta de no encontrar a nadie que me gustase lo suficiente como para tener una relación estable. Había tenido varias citas, pero nunca pasaba de la primera noche porque no me gustaban lo suficiente, o porque no nos entendíamos. Lo que me preocupaba en realidad era que el problema lo tuviera yo.

Sergio me miraba mientras seguía comiendo y tomando cervezas y chupitos de tequila. Yo creo que al principio se asustó cuando me vio tan frágil, pero que al cabo de un rato su interés por mí fue creciendo porque notaba que cada vez que podía me tocaba la mano o daba señales inequívocas de seducción. Los hombres son un cliché a la hora de seducir a una mujer: siempre siguen el mismo patrón.

Se hizo tarde. Llegó un momento de la noche en el que en la mesa de la cena de empresa ya estaban con las corbatas en la frente y el camarero tuvo que ir a llamarles la atención porque uno de los ejecutivos se había subido a una mesa e intentaba bailar una ranchera.

Sergio también me contó algunas de sus intimidades sobre las últimas relaciones que había tenido. Me dijo que se llevaba bien con casi todas sus ex, pero que tampoco eran tantas. Yo también le había contado casi toda mi vida. Desde mis veranos de pequeña en Galicia a mis últimos fracasos en citas con actores de moda. Se reía conmigo. Nos lo pasamos bien. Después de la cena lo vi claro: lo tenía en el bote, Sergio me miraba como si no hubiese otra mujer en el mundo.

Me dijo que él también estaba harto de ir dando tumbos por ahí y que le apetecía mucho tener una relación estable con alguien que le permitiera ser él mismo. Alguien independiente que le dejara seguir con su vida de fotógrafo *freelance* que viaja por el mundo, pero que cuando vuelve a casa sabe que tiene a una persona con la que compartir las cosas bonitas del día a día: charlar del libro que estás leyendo, cocinar mientras compartes una botella de vino o salir a pasear el perro.

Cuando dijo lo del perro me dejó muerta.

—¿Te gustan los perros? —le pregunté.

—Sí. Me encantan. Tuve un labrador hace tiempo. Pero murió y no he podido comprarme otro —me dijo con cara de pena.

Qué mono. Si le gustan los perros, tiene muchos puntos ganados. Las personas a las que les gustan los perros son buenas personas. Nunca falla.

—Yo tengo un yorkshire que se llama Rufus —le dije.

—Ah…, qué bien. Son muy monos —me contestó sin que se le notara que en realidad los perros pequeños no le gustaban mucho.

Nos trajeron la cuenta. Sergio hizo el gesto de invitarme cuando cogió la cuenta y se la quedó en la mano, pero al sacar su cartera se dio cuenta de que no llevaba nada de efectivo.

—Vaya…, no me jodas. Lo siento mucho. No llevo *cash*, y me he dejado la tarjeta de crédito en el estudio —me dijo.

—Ah…, bueno, tranquilo. No pasa nada. Ya pago yo —le contesté.

O sea, que encima de no cenar me tocaba pagar a mí. Pues estábamos apañados. Empezábamos mal. O lo que fuera eso que estábamos haciendo.

Al menos la cena se había terminado. Salimos a la calle y tenía claro que me lo quería llevar a casa esperando que por fin pudiese quitarme las penas, como decía David.

—¿Quieres venir a casa un rato y así conoces a Rufus? —le pregunté.

—Me encantaría —respondió.

14

EL FOTÓGRAFO

Estoy cansado de ver la tele. Además, cada vez que Marta se va nunca me pregunta qué canal prefiero ver.

Cuando escuché la puerta de abajo, ya sabía que era Marta la que llegaba y me puse muy contento. Tenía muchas ganas de verla. Pero me di cuenta de que no venía sola. Otra vez. Qué pesados son los hombres. No en general. En masculino quiero decir. ¿De verdad no se dan cuenta de que no tienen nada que hacer con ella?

Los oí salir del ascensor riendo y pensé que al menos este debía de tener algo de sentido del humor porque se reían mucho. Tenía que pensar bien qué broma se me ocurría para gastarle más tarde.

Se abrió la puerta y me tiré encima de Marta con mis saltos de siempre. Ella me cogió en brazos y empezó a darme besitos y a llamarme bebé.

—Ay, mi bebé. Mi pequeñito, guapo. Mi bebé guapo —me decía con la voz muy fina, como si fuera una soprano calentando antes de cantar.

Reconozco que a mí me encantaba que me dijera esas cosas con ese tono, como si le hablara a un bebé humano. También reconozco que visto desde fuera parecía que estuviera totalmente chalada. Pero son nuestras cosas.

Por el pelo blanco pensé que el tipo que había entrado con ella era un hombre mayor. Pero luego vi que no lo era.

Cuando yo me haga mayor, dentro de mucho tiempo, si algún día necesito a alguien que me cuide quiero que sea Marta. Porque ella sabe lo que me gusta. Sabe la comida que me gusta y la que no. Me da mimos como nadie y me toca justamente ahí en ese punto del cuello que da tanto gustito.

El chico del pelo blanco estaba de pie mirando la decoración del piso mientras Marta me hacía caso y me daba mi ración de mimos.

—Lo tienes todo muy bonito. Me encanta. ¿Te han hecho fotos en casa alguna vez? —le preguntó.

—Pues la verdad es que no. Creo que me daría corte —contestó Marta mientras se levantaba del sofá y me dejaba solo.

El chico se quitó el abrigo, se sentó en el sofá y me empezó a llamar.

—Rufus…, ven aquí, Rufus —me dijo mientras me tendía la mano.

Lo miré así como de lado. Me acerqué con precaución olisqueando su mano para saber si me podía fiar de él o no. Los perros nos fiamos mucho de la primera impresión. Si alguien nos tiene miedo o no le gustamos, lo notamos enseguida. No era el caso, la verdad es que al cuarentón le gustaban los perros y eso se notaba.

Marta fue hacia la nevera y le preguntó si quería algo de comer o de beber. Yo ya me había empezado a acostumbrar a que cuando Marta abría la nevera podía caer algo de pavo de ese tan rico que me daba a veces, así que levanté las orejas. Pero enseguida vi que no iba para mí.

—Sí, si tienes una cervecita y unas almendras o algo así, perfecto. Pero, si no, no te preocupes —le dijo mientras se quitaba los zapatos y se ponía cómodo en el sofá.

O yo soy muy fino o este tío no tiene nada de olfato, porque los pies le olían de lo lindo. Parecía que se estuviera instalando a vivir más que venir a casa a pasar un rato. De todos modos tengo que decir que yo estaba encantado porque, a pesar de que también olía a tequila que tumbaba, la verdad es que tenía mucha mano con los perros y me estaba dando una buena sesión de caricias con sus manos enormes, que me estaban dando la vida.

Marta no se podía creer lo que veía. Tenía a un señor mayor sentado en el sofá con los pies descalzos encima de la mesa dándole mimos a su perro. Pero, a pesar de todo, a mí me veía encantado. Para intentar salir de su asombro preparó unos frutos secos y sacó una cerveza de la nevera.

—Si te quedas con hambre, te puedo freír un huevo —bromeó Marta.

Creo que no pilló la broma porque le dio las gracias y le dijo que no hacía falta. De pronto se quedó mirando a Marta como si hubiese visto a un fantasma. Sacó su iPhone del bolsillo y se le acercó con cuidado.

—¡No te muevas! ¡Quédate quieta! —le ordenó mientras hacía una «O» con su mano y miraba a través de ella.

Marta no sabía muy bien lo que estaba pasando pero le hizo caso. Se quedó quieta con la cerveza y los cacahuetes en la mano. El hombre se acercó mirándola y le dijo:

—Esta luz te queda muy bien. Estás impresionante. Tengo que hacerte fotos ahora mismo.

—¿Ahora mismo? ¿Así? ¿Con los cacahuetes en la mano? —contestó Marta pensando que lo decía en broma.

—Sí. Me encanta el rollo. Es muy Annie Leibovitz —respondió el fotógrafo.

Ah, o sea, que resulta que el tío es fotógrafo profesional. Pues lo podía haber dicho antes. Claro, como a mí no se me presentan diciendo ni su nombre ni su profesión, pues no tengo ni idea de quiénes son los tíos que Marta trae a casa, a no ser que salgan por la tele.

El fotógrafo empezó a hacerle fotos con el iPhone como si estuviera en una sesión en un estudio. Le dijo a Marta que sería mejor que se pusiera delante de la pared del salón porque allí tendría mejor luz. Marta estaba un poco incómoda y no sabía muy bien qué hacer. Pero como es muy lista decidió seguirle el juego un rato.

—No, no, pero tírate los cacahuetes por encima —le dijo él.

—¿Los cacahuetes?

Este tío está como una cabra.

—Bueno, o la cerveza… Pero si te tiras la cerveza será mejor que te desnudes para no mancharte —añadió el tío.

Yo empecé a ladrar.

Marta comenzó a quitarse la blusa y a enseñar la ropa interior. Se tocaba el pelo y miraba a la cámara como si se la fuera a comer. A mí me encanta cuando hace eso, me recuerda a una gata en celo.

El fotógrafo estaba apoyado en una pared y vi que tenía algunos problemas para mantener la verticalidad a la hora de encuadrar las fotos. Demasiado tequila. Marta seguía quitándose ropa y el fotógrafo iba disparando fotos como un poseso.

Cuando Marta estaba ya casi desnuda, sin la falda y con la blusa desabrochada del todo, se quedó parada y mirando al infinito.

—Así me encanta, la mirada perdida —dijo el fotógrafo.

Marta tuvo un momento de vergüenza cuando el fotógrafo le pidió que siguiera quitándose ropa y vio que solo le quedaba puesto el sujetador y las braguitas.

—Casi mejor que no —dijo Marta.

—¿Qué pasa? ¿Tienes vergüenza? Me paso el día viendo a modelos desnudas. No te preocupes. No pasa nada —repuso el fotógrafo cavando su propia tumba.

—No pasa nada. Pero es que nunca me he hecho fotos desnuda y menos con un casi desconocido.

—Será porque nunca te ha hecho fotos desnuda Sergio Vegas —aseguró el fotógrafo dejando muy alto el nivel de partículas de vergüenza ajena en el aire.

Pensé que era el mejor momento para intervenir y salvarla.

Me acerqué a Marta y la miré con la cara de pena que siempre pongo cuando quiero que me dé algo de comida. Empecé a dar saltitos al lado de su pierna. Marta se dio cuenta enseguida y mientras cogía la blusa del suelo y se la ponía le dijo al fotógrafo:

—Pero, bueno…, si no le he puesto la comida a Rufus. Pobrecito. Perdóname, enseguida vuelvo. —Y salió corriendo hacia la cocina.

El fotógrafo se quedó mirando las fotos que había hecho con el móvil y se sentó en el sofá para terminarse la cerveza y los cacahuetes.

—Oye, si no te importa, mañana tengo que madrugar y necesito descansar —le dijo Marta al chico.

Seguí a Marta lo más rápido que pude porque vi que la cosa iba en serio y me iba a caer algo grande. Cuando sacó el paquete de pavo de la nevera, escuché música celestial. Los cielos se abrieron y los ángeles sacaron sus trompetas para anunciar la tan esperada buena noticia.

Entonces Marta me puso no una ni dos, sino tres lonchas de pavo en mi bol y me dijo en voz muy baja:

—Te lo mereces, pequeño. Por haberme salvado —y me hizo la caricia reglamentaria en la cabeza, la que me da cada vez que me pone comida.

Soy muy rápido comiendo pavo: tres lonchas en cuatro segundos. Podría batir el récord de velocidad de comer pavo si quisiera. Mi anterior marca eran dos lonchas en tres segundos. Me estaba superando a mí mismo.

Cuando Marta volvió al sofá, el cuadro que se encontró fue el siguiente: un hombre de más de cuarenta años dormido y roncando con la cabeza hacia atrás, la boca abierta, el móvil en una mano y la botella de cerveza en la otra.

Marta suspiró. Le quitó la cerveza de la mano con cuidado de no despertarlo y la dejó de nuevo encima de la mesa. Luego cogió el móvil y se puso a mirar las fotos que le había hecho el fotógrafo borracho y las borró una detrás de otra. No dejó ni una. Total, qué más le daba, estaba segura de que mañana por la mañana el fotógrafo no se iba a acordar de nada.

La vi triste. Lo que pasaba es que Marta se iba a dormir otra noche sola. Y ya iban unas cuantas semanas. Así que con cara de resignación se fue hacia su habitación, se puso el pijama, se desmaquilló y se lavó los dientes, y acto seguido se metió en la cama.

Una vez dentro de la cama, me miró y me dijo:

—Anda, sube. —Y me acercó el cubo de la ropa sucia para que lo pudiera usar de escalera y así subirme a la cama sin dificultad.

Me metí dentro de la cama, me tapé con el edredón y me acurruqué en su barriga hecho una bolita. Estaba claro. Esta vez había ganado yo.

Rufus 1, fotógrafo 0.

15

—Ja, ja, ja, pero ¿cómo se te ocurre subirte a casa a Sergio Vegas? ¿No sabes que es un vicioso? Si mi amiga Zulima hizo un trío con él. ¿No te acuerdas de que te lo conté? Fue a una fiesta de intercambio de parejas en Ibiza —me decía David mientras se quedaba congelado en el Facetime.

—Que sí, pero ¿qué quieres? No me quedé con el nombre. Entre el Moët del principio y los margaritas del final, a mí me pareció muy majo e interesante —le respondí yo negra.

—Maja, pero si es un bicho, pero un bicho de los grandes. Si todo Madrid lo sabe —me contó David, que seguía hablando tranquilamente por Facetime como si estuviera a mi lado.

—Pues un poco más y acabo en bolas encima de tu *chaise-longue* en el comedor de casa, tirándome cerveza y cacahuetes por encima. Y el tío, que me quería hacer fotos. Es que me quiero morir… —le dije yo.

—Lo que tendrías que hacer es dejar de beber tanto cada vez que tienes una cita —David puso cara de serio en la pantalla del teléfono.

—Vaya, lo que me faltaba. Me lo dice el que tuvimos que sacar de una sauna —le contesté rápidamente.

—Eh…, shhhh, chanquilita. Ya sabía yo que ibas a sacar el tema. Solo te estoy dando un consejo, no te pongas negra. Ya sabes que tengo razón. —David cuando se ponía en plan hermano mayor, era muy gracioso.

—Ya, ya. Pero es que, si bebo, me relajo. Soy más ingeniosa y, además, así el chico me gusta más.

—Bueno, haz lo que quieras, que ya eres mayorcita. A lo que íbamos, que esta noche no puedes quedar con nadie. Que tienes que cenar conmigo. —Me cortó David de golpe.

—¿Esta noche? ¿Con el resacón que tengo? —le dije yo muerta.

—Bueno, pues cenamos en casa. Pero no me puedes fallar —insistió David.

—Pero avánzame algo. No me dejes así. ¿Es bueno o malo? —le pregunté impaciente.

—Bueno. Muy bueno. Luego te cuento, maja. *Ciao*
—Y colgó el teléfono.

Me quedé pensando en David y en lo bien que lo
pasábamos en nuestras aventuras por Madrid. Siempre
había algo que hacer o celebrar. A ver qué era eso tan
bueno que le había pasado. ¿Habría encontrado novio
por fin?

Como todavía era pronto, me puse ropa cómoda y
salí a dar un paseo con el perro.

Esa hora es la que yo llamo la «happy hour» de los
perros en Malasaña. Sobre las ocho de la tarde es cuando
llega la gente a casa de trabajar y aprovecha para sacar a
sus mascotas, que se han pasado todo el día solas en casa. Pobrecitas.

Como Rufus no tiene una disciplina con los horarios,
el pobre va loco como yo. Lo saco cuando puedo, y si me
he tenido que ir a rodar a las seis de la mañana y no vuelvo hasta la noche, él ya sabe que puede hacer sus necesidades en el pañal que le dejo puesto en el baño. Ahora ya
es muy responsable y siempre lo hace todo en el pañal.

Cuando vamos a la calle, siempre se esconde para
que no le pueda poner el jersey y el arnés. Lo tengo que
dejar salir hasta el ascensor y allí se lo pongo. Es muy
señorito.

Pero el tema es que Rufus se vuelve loco con tanto
perro por la calle. Es muy bueno con las personas, pero

me ha salido un poco chulito con los otros perros. Yo no sé si es por lo que dicen de que los yorkshire piensan que son siete veces más grandes de lo que son en realidad, pero Rufus se mete con bulldogs, pastores alemanes o pitbulls. Le da igual.

En realidad, creo que es un perro un poco asocial, como yo. Me encanta estar con gente pero cuando a mí me apetece, si no prefiero estar sola.

Cuando nos encontramos con otro perro por la calle, Rufus primero se acerca para oler al otro perro y, cuando ve que no es una perrita o que no huele como a él le gustaría, empieza a ladrar y se pone chulo. Pero si el otro perro ladra, entonces se caga y sale por patas. Nunca ha mordido a ningún perro, y por suerte ninguno de los perros ha intentado morderle a él, porque con lo pequeño que es si le dieran un bocado se lo comerían entero al pobre.

Los paseos me sirven también a mí para airearme un rato. Cojo los auriculares, me pongo música y voy hasta la plaza del Dos de Mayo, que a esa hora es como una manifestación de perros y de papás y mamás modernos con niños. Los niños y los perros juegan en el parque y los papás y las mamás se toman sus cañas o sus *gin tonics* en las terrazas y hablan de sus cosas.

Yo los observo y pienso que no sirvo para eso. No me veo cuidando de un niño. No soy capaz de imaginarme siendo responsable de otra persona. Puede ser que no tenga instinto maternal o que sea un bicho raro, pero la verdad es que los niños me molestan.

Cuando voy paseando con Rufus por la calle, los niños pequeños me molestan. Gritan, lloran y se mueven como polillas descontroladas que nunca sabes hacia dónde irán. Será por eso que me dan miedo las polillas, porque son como los niños, totalmente incontrolables. Sobre todo si sus padres se están tomando *gin tonics* en la terraza del bar.

Cuando volví a casa con Rufus, David ya había llegado. No solo eso, sino que había ido a comprar y además había preparado una cena buenísima con una especie de *roast-beef* al horno que desprendía un olor que inundaba toda la casa.

También me fijé en que había puesto la mesa con el mantel de las grandes ocasiones y los candelabros con velas encendidas. En el centro de la mesa había una buena botella de rioja. David siempre compraba una botella de buen vino cuando teníamos algo que celebrar. Buenas costumbres de su tierra.

—Vaya, mantel y candelabros. Eso es que celebramos algo realmente importante —le dije mientras colgaba el abrigo.

—Claro…, no vamos a celebrar con mantel de plástico y servilletas de papel. Aquí somos muy señores —repuso mientras se quitaba un delantal de cocina que era como un vestido de sevillana rojo con lunares negros.

—No hace falta que lo digas —añadí yo mientras metía el dedo en el puré de patatas sin que me viera.

—Oyeee…, eso no se toca hasta que nos sentemos —me regañó cuando vio que me llevaba el dedo a la boca.

—Vale, vale. Me voy a lavar las manos, nos sentamos y me lo cuentas todo.

Una vez hubo terminado de colocar la mesa, puso música para la ocasión. Cuando quiere, David puede ser muy perfeccionista y hasta que no está todo en su sitio no para quieto y no deja de retocar cosas.

Mientras estaba en el baño escuché cómo ponía un disco de música clásica, pero al principio no lo reconocí. Al salir me di cuenta de que en realidad era ópera: Mozart, para ser más concretos. Escuché las primeras notas de *La flauta mágica*.

David casi nunca escuchaba ópera en casa.

—¿*La flauta mágica*? Esto es Mozart, ¿no? ¿Qué pasa, que ahora te has vuelto clásica? —comenté yo tomándole el pelo.

—No, maja. Es la noche temática. Cena típica de Viena y música de Mozart. Y de postre, tachán…, tarta Sacher de chocolate —dijo mientras sacaba un pastel de la nevera.

—A ver…, pero aquí ¿qué está pasando? ¿Es la «Semana de Austria en El Corte Inglés» y yo no me he enterado? —pregunté.

Entonces David me hizo sentar a la mesa y me contó la noticia bomba. Resulta que le habían ofrecido un trabajo como responsable de vestuario en la ópera de Viena. Era uno de los teatros de ópera más importantes de Europa y donde Mozart estrenó muchas de sus piezas. Además, el mismo teatro era el que hacía todas las producciones del festival de verano en Salzburgo, que es la meca de la ópera para todos los aficionados.

El problema estribaba en que debía incorporarse la semana siguiente. Es decir, tenía que irse a Viena ese mismo fin de semana para buscar un piso compartido y poder empezar a trabajar el lunes.

Me quedé muerta. Me hacía muchísima ilusión que David tuviese trabajo y que además fuera tan prestigioso, pero al mismo tiempo me daba muchísima pena que se fuera de Madrid. No sabía si iba a poder soportarlo, aunque me hice la fuerte para que no lo notase y le di un abrazo.

—¡Felicidades! Me alegro mucho por ti —le dije mientras lo abrazaba.

—Vendrás a verme ¿no? —me preguntó rápidamente.

—Uy, no… Hace mucho frío en Viena. Tendrá que ser en primavera o en verano.

—Pues claro, maja. En verano se estará divinamente allí. Estaremos en Salzburgo con todas las señoras vienesas y sus maridos ricos. Bien de aristocracia y de alta sociedad, lo que nos va a nosotras, vaya. Que somos señoras, pero de pueblo —dijo David y vi cómo sus ojos se iluminaban y se preparaba para hacer uno de sus numeritos de «burlesque».

Todavía no habíamos empezado a cenar, pero yo descorché la botella de rioja y serví dos copas de vino mientras David se iba a su habitación para cambiarse.

Al cabo de diez minutos David apareció con un abrigo de visón falso, claro está, y algo en la cabeza que parecía una gorra de plato de general de las SS. Llevaba unos zapatos de tacón negros y tenía una actitud muy digna pero como desafiante.

Seguía sonando Mozart de fondo y lo mejor fue cuando cogió la copa de vino, le dio un trago y dejó caer el abrigo de pieles al suelo porque debajo solo llevaba un tanga de cuero y un chaleco de cadenas, pero iba prácticamente desnudo. Lo único que pude decir yo fue: «¡Brava!».

La noche prometía.

16

Ya hacía días que había mucho movimiento en casa. Antes de que David se marchase la cosa estaba muy agitada. Había cajas con libros y maletas llenas de ropa por todos lados.

A mí no me gustan mucho los viajes y, siempre que veo que se empiezan a hacer maletas, me meto dentro de una por si acaso se olvidan de mí. Marta tenía que ir sacándome de dentro de las maletas abiertas que David tenía esparcidas por toda la casa.

—Rufus…, que tú y yo no nos vamos. Solo se va David —me decía Marta y me sacaba de dentro de otra maleta.

Lo que pasa es que algunos yorkshire tenemos memoria de pez y al cabo de diez segundos ya se nos ha olvidado lo que nos han dicho. Así que, por si acaso me dejaban, yo me volvía a meter dentro de otra maleta.

El fin de semana que se marchó David fue un poco raro. Todos teníamos sentimientos encontrados. Por un lado nos alegrábamos mucho de que se fuese a trabajar a Viena, que según he escuchado es una ciudad preciosa llena de museos y teatros. Y por otro lado nos daba pena que dejara el piso y se fuera de Madrid.

David también estaba nervioso. Lo veías dando vueltas por la casa como pollo sin cabeza intentando no olvidarse nada. Pero es que David tenía muchas cosas en casa. Solamente de ropa había llenado diez maletas de las grandes. Y eso que mucha de la ropa que tenía eran chalecos, tangas y cosas así, que no ocupaban mucho.

Hablando de tangas, la noche que David le preparó la cena vienesa a Marta en casa terminó a altas horas de la madrugada. No sé si estoy autorizado a contarlo todo, pero puedo haceros un resumen rápido.

David salió de su habitación vestido con un gorro del ejército alemán y un abrigo de pieles. Yo creo que era falso, porque a mí los auténticos me dan un asco que no puedo con ellos.

¿Qué es esto de que maten a un visón o a un zorro para hacer un abrigo? Es como si yo me hiciese un abrigo de piel de chino o de senegalés. ¿A que estaría fatal? Pues para mí es lo mismo.

El tema es que David siempre montaba estos numeritos y, cuando se juntaba con Marta y bebían un poco de vino, la cosa se animaba. Esa noche el tema se animó tanto que terminaron bailando la canción de «Cabaret» los dos encima de una silla.

David se había quitado de encima el dichoso abrigo y se puso a interpretar su número de «burlesque». Marta, que al principio solo lo miraba, empezó a animarse y se fue a la habitación de David a buscar algo que ponerse para la ocasión.

El cuadro que yo veía desde el sofá era el siguiente: Iván con su tanga, su peluca, su chaleco de cadenas y unos zapatos de tacón que no los lleva ni Beyoncé, y Marta en ropa interior con una peluca rubia como la niña del vídeo de «Chandelier» y un bombín como el de Sabina en la cabeza. Alrededor del cuello llevaba una boa de plumas de color rosa como las de las vedets.

David y Marta estaban encantados bailando y haciéndose *selfies* con el iPhone. La música estaba a tope. Yo creo que los pobres vecinos a estas alturas ya se habían acostumbrado y no decían nada. Bueno, hasta que dieron las cinco de la mañana, claro. Entonces fue cuando mi fino oído de yorkshire oyó el timbre del interfono y me puse a ladrar.

—Uy... ¿Quién llama estas horas? ¿Esperas a alguien? —preguntó David mientras bajaba un poco la música.

—¿Cómo voy a esperar a alguien a las tres de la madrugada? —contestó Marta enfadada.

—¡Que son las cinco! —exclamó David con cara de niño bueno.

Marta descolgó el interfono y preguntó con la mejor voz que pudo:

—Sí, ¿quién es?

—Buenas noches, ¿Marta Torné? Policía Municipal. ¿Nos puede abrir, por favor? —contestó una voz de hombre al otro lado del telefonillo.

La cara de pánico de Marta y de David fue para haberla grabado. Es en momentos como esos cuando me arrepiento de ser un perro, porque de haber sido un humano les hubiera grabado para que se viesen la cara de susto. Qué gracia les habría hecho luego.

Marta abrió la puerta de la calle y le dijo a David que fuera deprisa a vestirse. Ella corrió a su habitación y se puso la bata azul que estaba roída en los puños y el cuello, pero no se quitó la peluca rubia.

Cuando Marta abrió la puerta de casa, parecía Rafaella Carrà recién levantada y tras haber pasado una mala noche. David todavía estaba en su habitación poniéndose un chándal encima del tanga y el chaleco.

El policía municipal que estaba plantado delante de la puerta era un chico joven y guapo.

—Buenas noches. Hemos recibido una queja de algún vecino por problemas con el volumen de la música —dijo el municipal muy serio.

—¿Ah, sí? Pues no me he dado cuenta —repuso Marta haciéndose la inocente.

—¿Ha tenido usted música puesta a un volumen fuera de lo normal? —insistió el policía.

—Pues yo diría que no estaba muy alta, aunque es posible. Pero, tranquilo, le juro que no volverá a ocurrir —dijo Marta muy convincente.

—¿Está usted sola? —preguntó el policía.

—Eh…, no. Con mi compañero de piso.

En ese momento apareció David vestido con un chándal de D&G y calzando unas deportivas. Había cogido una bolsa de deporte y la llevaba en la mano.

—Buenos días… Yo me voy a entrenar ahora, que si no el gimnasio se pone a tope —dijo David al salir de la habitación y acercarse a la puerta.

—Buenas. ¿Era usted el que tenía la música a un volumen muy alto? —preguntó el policía.

—¿Yo? Qué va. Si me acabo de levantar —contestó David intentando evitar que el municipal oliese su aliento a rioja.

—Ah…, muy bien. ¿Y siempre va a entrenar con la gorra del ejército? —continuó el policía con cierta guasa.

David se puso rojo como un pimiento de la huerta murciana. Marta le prometió al poli que no volverían a poner la música tan alta, y como se hizo la niña buena, el poli les dijo que por esa vez les dejaba solo un aviso, pero que, si volvía a recibir una llamada de algún vecino quejándose por el ruido, les tendría que poner una multa.

Finalmente Marta cerró la puerta y los dos se dejaron caer en el sofá dando un respiro. Yo estaba sentado al lado tan tranquilo. Lo había estado mirando todo con una media sonrisa. La verdad es que se lo merecían: se habían pasado tres pueblos. Pero eso es lo que hacía que en esa casa no me aburriese nunca. David y Marta se tumbaron y se quedaron fritos en el sofá hasta la mañana siguiente.

El día que David se puso a hacer las maletas iba por todo el piso con una lista tachando cosas y diciendo que tenía que llevarse algunas cajas y maletas a Logroño a casa de su madre, porque si no en el aeropuerto le iban a pedir un dineral por el sobrepeso que llevaba.

Yo nunca he ido en avión, pero sí he viajado mucho en AVE. Cómo se complican los humanos. Con lo fácil que lo tengo yo para viajar. En cuanto Marta cierra la maleta, yo me meto en la bolsa de viaje que le vendió Nati. Es una bolsa especial para perros pequeños. Tiene unos agujeros para que pueda respirar y una cremallera por si quiero sacar la cabeza. Después nos montamos en el taxi que nos lleva a Atocha y de ahí a la sala VIP de Renfe, donde me dan un poco de agua si quiero beber.

Luego nos subimos al tren y me quedo tumbado en la bandeja del asiento de Marta sin moverme. Yo voy encantado mirando por la ventanilla mientras pasamos por los Monegros. Qué bonito es el paisaje desde el tren. Es curioso, pero tiene algo de relajante ver pasar las casas y las fábricas a trescientos kilómetros por hora.

Y casi sin enterarme del viaje, llegamos a la estación de Sants, en Barcelona. Es verdad que alguna vez ha venido un revisor con ganas de hacernos la puñeta y le ha dicho a Marta que tengo que ir dentro de la bolsa. Entonces ella se enfada mucho y se pelea con ellos. Es tan mona. Siempre hace todo lo posible para que no tenga que ir todo el viaje dentro de la bolsa, pero a veces hay revisores muy intransigentes.

Dicen que viajar en avión es mucho más rápido y mucho más seguro, pero yo no lo veo claro. Eso de que te metan en una lata de anchoas, te suban a diez mil metros de altura y te bajen al cabo de una o dos horas no puede ser bueno para el cuerpo.

Yo nunca había estado en un aeropuerto, pero ese día fuimos a la T4 de Barajas a despedir a David. La verdad es que me encantó verlo. Ese edificio es enorme, mucho más grande que la estación de Atocha. Claro que tiene que serlo para que salgan tantos aviones al mismo tiempo. Los trenes salen todos por la misma vía, pero los aviones necesitan los *fingers* esos para que la gente pueda subir y bajar.

Acompañamos a David al mostrador de Iberia donde tenía que dejar sus dos maletas, en las que había metido todo lo necesario para pasar un tiempo indefinido en Viena. La chica del mostrador lo miró pensando que eran dos maletas enormes. Se las hizo pesar y vio que estaban justo por debajo de lo permitido. David había sido listo y las había pesado en la balanza de casa para saber cuánto las podía llenar.

Finalmente la azafata le dio la tarjeta de embarque a David y le dijo que tenía que estar en la puerta de embarque J16 en una hora. Nos dirigimos hacia la zona de control de seguridad donde parecía que ya no nos dejaban entrar: qué pesados son los humanos con las normas. Si solo venimos a despedir a nuestro amigo.

Marta le había escrito una nota a David para que la leyese en el avión. David se la guardó aguantándose las lágrimas que estaban a punto de caerle por la mejilla. Estábamos todos un poco emocionados porque no nos íbamos a ver las caras durante un tiempo largo.

Se dieron un abrazo muy fuerte y vi que a Marta se le escapaba una lágrima porque se sentía un poco triste. Cuando David se puso en la cola del control de seguridad, le di muchos besos a Marta para que no estuviera tan triste. A los perros tampoco nos gustan las despedidas. Nos quedamos un rato mirando cómo pasaba el control, y cada vez que nos miraba nos decía adiós con la mano.

A David le hicieron sacar todo lo que llevaba encima y meterlo en un aparato de rayos X, luego él tuvo que pasar por debajo de un arco metálico para detectar que no llevase ninguna arma. Después le preguntaron si llevaba algún champú en su neceser y dijo que sí. Se lo quitaron por si se le ocurría ir a lavarle la cabeza a algún miembro de la tripulación durante el vuelo.

Lo seguimos hasta que pasó la zona de seguridad, pero él ya no vio cómo le decíamos adiós. Marta se dio la vuelta y me dijo:

—Bueno..., ya se ha ido David. Al menos te tengo a ti. —Y me dio muchos besitos mientras salíamos de la T4 y nos íbamos a coger un taxi.

Pero justo antes de subirnos al taxi a Marta le sonó el teléfono. Era David llamando por Facetime, así que nos subimos al taxi y Marta estuvo un buen rato hablando con él y viéndolo por la pantalla del iPhone. Tanta despedida y al final resulta que se pueden ver cuando quieran. De verdad, estos humanos están locos.

17

Las siguientes semanas fueron un poco raras. Echaba mucho de menos a David. La casa se llenó de silencios y todo estaba como más triste. Yo hacía vida en mi habitación. De hecho, desde que se fue David, había dejado la puerta de su habitación cerrada y no la había vuelto a abrir.

Me dedicaba a irme a dormir tarde y a ver películas y series. Me levantaba casi a la hora de comer, el tiempo necesario para mirar el móvil y el correo, comprobar que no había *castings* a la vista para luego sacar a pasear a Rufus. Una de la ventajas de vivir en Malasaña es que tengo decenas de restaurantes de *take away*, así que me venía de perlas y aprovechaba el momento del paseo para comprar la comida más grasienta que encontraba y encerrarme en casa otra vez. Rufus era mi única compañía.

La serie llevaba dos semanas emitiéndose en televisión y había recibido muy buenas críticas, pero la audiencia no la acompañaba mucho. Así que, según me dijo mi repre, querían esperar un poco más para saber si renovábamos y hacíamos una segunda temporada.

—Igualmente, ya sabes que esta profesión funciona así: o te mueres de hambre o te mueres de sueño —me decía mi repre intentando hacerme sentir mejor.

—Ya, ya, ya lo sé… ¿Cuándo nos dirán algo seguro?

—Tranquila… No pienses en eso. En cuanto sepamos algo te aviso. Creo que lo que necesitas es distraerte. Oye, ¿por qué no vas a los premios GQ que dan esta noche? Te pones guapa, te aireas un poco, te encuentras con gente de la profesión… Y, oye, quizás hasta conozcas al hombre de tu vida —me dijo mi repre con una sonrisa.

—El hombre de mi vida no existe —le respondí.

—Venga, mujer, que yo también voy a ir. Hablo con ellos y te consigo una cita con el *showroom* para que elijas un vestidazo. Es el que está al lado de tu casa, en la calle Reina.

—Vaaale…, venga. Pásame la hora y por quién tengo que preguntar en un wasap —le dije.

No habían pasado ni cinco minutos y ya tenía el mensaje en la pantalla del móvil:

«A las 17 h te espera La Niña para ponerte fabulosa. Es uno de los mejores estilistas de Madrid. Cualquier cosa me avisas. Muack».

El paseo por la calle Fuencarral fue muy agradable. A esas horas todavía no estaba lleno de gente comprando como loca en las tiendas y se podía ir con el perro sin que te lo pisasen.

Llegué al *showroom* en veinte minutos. El paseo perfecto para Rufus.

La verdad es que me pareció un poco raro eso de llegar y tener que preguntar por alguien que se llamaba «La Niña». La chica me dijo que esperara un momento sentada en el sofá, que enseguida la avisaba.

Los *showrooms* de moda siempre son espacios increíbles, como sacados de cualquier revista de decoración divina. Nada que ver con las oficinas donde la gente trabaja normalmente. Cuando piensas en una oficina, te imaginas una moqueta en el suelo, fluorescentes en el techo y cubículos con despachos minúsculos sin luz natural. Pero los *showrooms* siempre son espacios amplios y luminosos, con suelos de madera y muebles superbonitos, cómodos y de diseño. Vamos, para quedarse a vivir ahí mismo.

Esperé con Rufus en mis brazos mientras me empezaba a arrepentir de haberme complicado la vida y de haber aceptado ir a la entrega de premios.

Cuando ya estaba visualizando lo feliz que hubiera sido esa noche en mi casa con el pijama y comiendo comida china con Rufus, apareció un señor de unos cuarenta años, barba de tres días y unas gafas como las del fotógrafo Terry Richardson, pero todavía más grandes.

—Hola, Marta. Hija, qué guapa eres en persona. Encantado —me dijo nada más verme y dándome dos besos.

—Ah…, muchas gracias. ¿Tú eres La Niña? —pregunté yo como una tonta.

—Sí. Me llamo Santi, bueno, me llaman así desde que llegué a Madrid hace mil años, y se me ha quedado el nombre. Tendré ochenta años y me van a seguir llamando La Niña. Qué le vamos a hacer. ¿Pasamos? —me dijo mientras me indicaba la sala del *showroom* donde tenía los vestidos.

Me encantó desde el primer momento. Era una marica moderna, pero tenía un acento extremeño que hacía que cuando hablaba pareciera una señora mayor de pueblo, de esas que son tan entrañables. En ese momento vi claro que nos haríamos muy buenas amigas.

Me hizo pasar a una sala llena de vestidos y me dijo que yo tenía un cuerpo de mujer mediterránea. Bien de pecho, con cadera y cintura estrecha. Para eso lo ideal era probarse trajes hechos por diseñadores italianos porque siempre cogen a mujeres así para hacer sus patrones.

Estuvimos muchísimo rato probando vestidos. La Niña me iba aconsejando cuál era el que me sentaba mejor y con cuál podría quedar mejor en el *photocall* de los premios de la revista.

—Amiga, tienes que elegir muy bien el vestido porque el «momento *photocall*» es importantísimo.

La Niña es un encanto y muy cariñoso. Es normal que él pensara tanto en el *photocall* porque es el momento en que te hacen las fotos que luego van a salir en las revistas y a ellos les interesa que aparezcas en el máximo número de revistas y medios. Por eso te prestan la ropa, nada es porque sí. Aunque a mí ese momento siempre me ha parecido como estar enfrente de un pelotón de fusilamiento. Son solo unos pocos minutos, pero te sientes algo ridícula, y yo reconozco que a mí no me entusiasma hacerlo, pero es así.

El auténtico problema viene después, cuando tienes que aguantar de pie toda la noche con un vestido que te aprieta por todos lados o unos zapatos que te hacen mogollón de daño. Por eso hay que elegir muy bien el vestido. No solo se trata de que te quede bien en la foto, sino de que seas capaz de aguantar dentro de él toda la noche.

Después de casi dos horas, La Niña estaba muerto de hambre y con Rufus en su regazo haciéndole mimos. Rufus estaba encantado, pero La Niña ya tenía cara de que, como tardase mucho más en decidirme, me iba a arrastrar por el *showroom*.

—Coge los tres que mejor te quedan y luego en casa decides, nena —me dijo La Niña, que empezaba a estar un poco negra.

—¿No te importa? Perfecto. Me parecen los tres ideales. Pero es que no sé cuál será más cómodo. Así que me los llevo. No te preocupes, que te los devuelvo esta semana mismo.

Cuando le dije que lo invitaba a comer, le cambió la cara. La barriga de Homer Simpson que tiene La Niña no se mantiene así como así.

Llegamos a un restaurante que estaba justo al lado del *showroom*, y donde conocían a La Niña perfectamente y le hacían casi reverencias al verlo, así que no nos pusieron ningún problema por ir con Rufus. Es más, nos dieron la mesa del fondo que siempre tienen reservada. La Niña me dijo que eso era porque el chino me había reconocido de la tele.

—Pero si los chinos no ven la tele de aquí —le dije yo muy seria. Entonces me di cuenta de que La Niña me estaba tomando el pelo. Me reí.

A partir de ahí toda la comida fue un vaivén de bromas sobre la gente de la profesión. La Niña contaba anécdotas de todos los actores y las actrices que pasaban por el *showroom* y yo no podía parar de reírme.

Me contó una anécdota muy buena de un vestido y una *top model* muy conocida. Resulta que hacía un tiempo había ido al *shoowroom* una actriz muy famosa, cuyo nombre no me quiso dar La Niña, a buscar un traje para una fiesta, igual que yo. Cuando se probó uno de los vestidos, uno largo de color amarillo espectacular, se quejó de un olor muy fuerte: una mezcla entre sudor, perfume de señora mayor, alcohol y tabaco. Eso no suele ser habitual porque, siempre que devuelves un vestido, lo has llevado antes a la tintorería. Pero era verdad que aquel vestido olía fatal.

Al buscar el nombre de la última persona que se había puesto aquel vestido, en el ordenador no aparecía ninguno. Todo era muy raro.

—¿Entonces? ¿Nunca supisteis quién se había puesto el vestido? —pregunté yo, imaginando que la historia no terminaba ahí.

—Claro, mujer, solo tuvieron que pasar dos semanas. Una mañana durante el desayuno, mientras ojeaba las revistas del corazón que salen los miércoles, me encontré el reportaje de unos premios que habían sido la semana anterior. Naomi Campbell estaba plantada delante del *photocall* con los brazos en jarra. Ella, la mar de divina con el mismo vestido amarillo que tuvimos que llevar a la tintorería para que lo lavaran tres veces y así quitar el mal olor —me dijo La Niña.

Resulta que hace un tiempo Naomi Campbell estuvo en Madrid. La habían invitado a una fiesta de gala y ella y su representante contrataron a una estilista muy famosa para que la vistiera. Así que pasaron por el *showroom* de La Niña a llevarse un vestido amarillo chillón que le gustó mucho. Ella se fue al evento con su Gucci encantada de la vida y después un taxi devolvió el vestido al *showroom*.

Hacía tiempo que no me reía tanto. Pedimos bambú a la plancha y unas verduras al wok buenísimas. La verdad es que el chino sabía cocinar muy bien. Yo estaba encantada de haber encontrado a alguien con quien poder compartir una buena comida y una cañita, y pasármelo bien. Aún echaba de menos a David, pero con La Niña se hacía todo más llevadero.

Si te lo estás pasando bien, el tiempo vuela. Cuando miré la hora en el móvil y vi que tenía que estar en el ensayo de la obra de teatro en diez minutos, me quería morir. Pagué la cuenta y salimos disparados hacia mi casa. La Niña me acompañó porque yo sola con el perro y cargada con los tres vestidos y los tres pares de zapatos no podía ni caminar.

Llegamos a mi casa y le di a La Niña mil gracias por todo y por haberme hecho reír tanto. A pesar de que no nos conocíamos de nada, me dio tanta confianza que incluso le pregunté si podía hacerme un último favor y ponerle la comida al perro, porque yo llegaba tardísimo al ensayo y quedaría fatal si me retrasaba tanto el primer día.

Me dijo que me fuera tranquila, que él ya me dejaba los vestidos colgados y preparados para la noche y le ponía la comida a Rufus, se quedaba un rato con él y luego cerraba la puerta de golpe.

A partir de ese día La Niña y yo nos hicimos inseparables.

18

Marta me preocupaba un poco. Cuando la conocí era muy alegre y hacía muchas cosas. Pero últimamente, sobre todo desde que David se había ido, la notaba algo más triste. Casi nunca tenía ganas de salir ni de cocinar ni de arreglarse. Pasábamos el día en la cama viendo la tele y comiendo comida basura que compraba cuando me sacaba a pasear. Y tengo que decir que los paseos eran cada vez más cortos.

Esos últimos días había venido a casa varias veces un chico, amigo de Marta, que se llama «La Niña». Yo no acabo de entender este apodo. El día que lo conocimos en el *showroom* dijo que le llaman así desde pequeño, pero no me lo creo. Me da la sensación de que se lo ha puesto él para llamar la atención.

Marta se pasaba todo el día hablando por teléfono con La Niña. La Niña para arriba y La Niña para abajo. Que qué graciosa que es La Niña. Es muy ingeniosa y muy rápida para pillar una broma. Pero todos los adjetivos que le atribuía eran siempre en femenino. Si no me equivoco, por las veces que lo he visto, yo creo que es un señor de unos cuarenta años con gafas.

¿Por qué tienen esta manía de hablar siempre en femenino? Será algo de Madrid, para ser modernas. Todas se llaman amigas. Ay, amiga esto, ay, amiga lo otro. Y lo hacen siempre en femenino, ya sean hombres, mujeres o viceversa. Uy, me ha salido como el programa de la tele. Pero ya entendéis lo que quiero decir.

Recuerdo una noche que Marta habló con La Niña por teléfono intentando calmarlo porque estaba con un ataque de ansiedad. Acababa de bajarse de un taxi y se había dado cuenta de que se había olvidado dentro del vehículo una bolsa con dos vestidos de alta costura que tenía que ir a devolver al *showroom* de la calle Alcalá.

Ese *showroom* lo conozco y es precioso. A mí me ha llevado Marta alguna vez y es espectacular. Eso sí que es lujo y no lo demás. Aparte, las vistas que dan al parque del Retiro son espectaculares.

Resulta que La Niña tenía mucho trabajo y estaba tan estresado —yo todavía le hablo en masculino porque no soy una moderna— que apenas dormía por las noches. Así que aprovechaba los trayectos en los taxis entre un *showroom* y otro para echar una cabezadita. Se había pasado todo el día trabajando en una sesión de fotos y al terminar tenía que devolver toda las ropa que le habían prestado. Justo esos vestidos eran la última devolución del día. De hecho, los estaban esperando para poder cerrar.

Pero La Niña no podía presentarse sin los vestidos que valen miles de euros: lo hubieran asesinado ahí mismo. El pobre estaba que no podía ni hablar, incluso era incapaz de respirar.

Marta, que es muy lista, lo primero que le dijo fue:

—¿Has pedido recibo del taxi? Porque en el recibo sale la matrícula y a veces la compañía a la que pertenece y hasta el número de móvil del taxista.

—No le pedí el recibo. Era un chico moreno de unos treinta. Muy guapo —dijo La Niña intentando dar más información.

—Pues sí que estamos apañadas. Anda que no hay taxistas así en Madrid.

La Niña decía que estaba sufriendo un ataque de ansiedad que le subía por las piernas.

—Los ataques de ansiedad no suben por las piernas —le explicó Marta intentando quitarle importancia.

Le pidió que se calmara y que se viniera para casa, que buscaríamos una solución.

Yo estaba tumbado al sol, junto a la ventana, en la nueva cama de perro que le han regalado a Marta. Era una cama de color rosa con forma de corazón y que tenía escrita la palabra «Yorkie» con una tipografía antigua de estilo inglés. Con estos regalos que le hacen, ¿cómo queréis que salga yo? Si ya empiezo a ser más marica que los amigos de Marta.

Cuando llegó La Niña, le temblaban las piernas. Y eso que él siempre dice que si hay algo indiscutible son sus piernas y su gazpacho. El gazpacho que hace La Niña no lo he probado, pero cuando entró por la puerta de casa sus piernas temblaban como un flan.

Marta fue a recibirlo con un vaso de agua. La Niña lo cogió y se lo bebió de un trago.

—Qué sed tenía, por Dios. Gracias, amiga —dijo cuando terminó.

—A ver, ¿qué te ha pasado? —le preguntó Marta cuando consiguió que se sentara en el sofá y se tranquilizara.

—Pues nada, que me he quedado dormido en el taxi y cuando he llegado me he bajado tan rápido que he olvidado dos vestidos de Dior en el asiento de atrás. Me he dado cuenta cuando el taxi ya había arrancado. He intentado correr detrás de él, pero no se ha parado.

—A ver, ¿y no has apuntado la matrícula? —le dijo Marta sorprendida.

—Vamos a ver, que esto no es una peli de espías —repuso La Niña, que estaba fatal.

—Ya, Mari, pero si apuntas la matrícula podemos encontrar el taxi.

—Yo creo que el conductor del taxi ya tiene unos vestidos divinos para su novia. El problema es que a mí me va a caer un marrón encima que no veas.

—¿Por? —preguntó Marta sin saber qué le iba a contestar La Niña.

—¿Cómo que por? Pues porque ahora mismo me están esperando en Dior para que devuelva dos vestidos que valen diez mil euros cada uno y tengo que llamarles para decirles que los he perdido en un taxi.

—Bueno, pero tendrán un seguro o algo así —dijo Marta para intentar animarlo y quitarle importancia al asunto.

—¿Qué seguro ni qué seguro? Estos no tienen seguro de nada. No voy a poder trabajar nunca más de estilista. Me van a meter en la lista negra. ¡Ay! ¡Ay! ¡Ay! Me quiero morir. De verdad que me quiero morir.

—¿Qué me dices? Eso sí que no. Seguro que hay otra solución —dijo Marta preocupada. Pero, justo cuando estaba terminando de decir la frase, sonó el móvil de La Niña. Al sacarlo del bolsillo tirando de las orejitas de conejo que siempre llevaba como funda, vio el nombre temido en la pantalla: «Celeste Showroom Alcalá».

—¡Ay, Dios! ¡No, no, no! ¡No puedo cogerlo! —decía La Niña mientras movía el móvil arriba y abajo, se levantaba del sofá y caminaba por el salón de doce metros cuadrados.

Marta lo tranquilizó y le dijo que esperase un momento y que era mejor que la llamase él cuando tuvieran un plan.

—Mira. Es muy fácil. La llamas y le dices que te han robado. Que salías de un taxi en Malasaña con todas las bolsas y un tío te ha sacado un cuchillo jamonero y te ha dicho que le dieras los vestidos o te rajaba el cuello.

—Es un poco demasiado dramático. No creo que cuele —dijo La Niña.

—Pues le dices la verdad. ¿Qué puede pasar? ¿Qué te van a hacer?

—Aparte de que no volverán a dejarme ni un vestido más en la vida, puede perfectamente que pretendan que los pague de mi bolsillo. Si es así, ya me puedo poner a hacer de chapero, porque me dirás tú de dónde saco todo ese dinero.

—Bueno, tú de momento siéntate aquí y descansa. No te preocupes, ponemos el teléfono en silencio y si necesitas quedarte en casa unos días no hay problema, porque la habitación de David está vacía. Y luego, si eso, ya llamamos a la tal Celeste y lo arreglamos.

—Ay, muchas gracias. Eres divina —le dijo La Niña.

Marta le preparó una infusión relajante para que se calmara un poco y le puso la tele para que se distrajera un rato. Yo creo que a La Niña también le gustaba el *Sálvame Deluxe*.

Empezó a beber la infusión mientras Marta se tomaba otra y a mí me puso la comida, que ya era hora. Con tanto lío me había dejado sin mi ración de pavo y ya empezaba a estar de mal humor.

Después de batir mi récord personal de comer lonchas, me senté en el sofá al lado de Marta. La Niña estaba haciendo *zapping* con el mando y cuando puso un canal en el que daban un programa de vestidos de novia se puso a llorar como una Magdalena.

—¿Qué te pasa ahora? —le preguntó Marta alarmada.

—Buah… Que estoy viendo los vestidos de novia y me he acordado de los que me dejé en el taxi. Soy un desastre. ¿Por qué me pasan estas cosas solo a mí? —La Niña lloraba desconsolada.

Pobre. Nunca había visto a nadie llorar tanto. Marta le trajo una caja entera de clínex. En estos casos yo nunca sé cómo reaccionar. Lo que pasa es que tengo mucha empatía con la gente que llora y lo pasa mal, pero lo único que sé hacer es acercarme y darle besos en la mano para que se sienta mejor.

Y eso fue justamente lo que hice con La Niña. Me acerqué, me puse a su lado y empecé a darle besos delicadamente en la mano. Él me miró y me sonrió. Me dio un par de caricias en la cabeza.

—Qué fuerte, parece que sepa que estoy mal —le dijo a Marta.

Pues claro que lo sé. Soy un perro. Tengo más empatía que muchos humanos a los que tú conoces y se consideran amigos tuyos. Lo que pasa es que mi manera de demostrarlo es un poco limitada. Tengo dos opciones: o doy besos o pido mimos.

Marta en eso es bastante más completa que yo. Para algo es una buena persona. Le dio un abrazo a La Niña y le dijo que no se preocupara porque todo se arreglaría. Le trajo algo de ropa cómoda para que se tumbara bien en el sofá y lo tapó con una manta.

Al cabo de un rato de más sollozos, la pastilla surtió efecto y La Niña se empezó a tranquilizar y a relajar viendo la tele.

Ya era tarde. Los del *Sálvame Deluxe* seguían con sus detectores de mentiras. Y La Niña se quedó dormido en el sofá. Por fin, así al menos yo me pude ir a la cama con Marta.

Ahora el problema era que La Niña no paraba de roncar. Marta tuvo que ir al baño a buscar unos tapones para los oídos. Y a mí no me quedó más remedio que aguantar y oír los ronquidos toda la noche.

Busqué varias posturas dentro de la cama de Marta pero siempre se oían de fondo los ronquidos. Serán mis oídos finos de yorkshire, pero parecía como si estuvieran talando un bosque entero con sierras mecánicas en la habitación de al lado.

Una vez alguien me dijo: «Si no puedes con tu enemigo, únete a él». Así que, cuando finalmente me quedé dormido, lo hice con la boca bien abierta para así ponerme a roncar yo también: a ver si La Niña escarmentaba. Suerte que Marta llevaba los tapones y no se enteraba de nada.

Cuando me desperté, vi que La Niña estaba de muy buen humor preparando el desayuno para todos. Le dijo a Marta que había aparecido la bolsa con los vestidos. Se los había olvidado en el estudio donde habían hecho las fotos. Menudo desastre. Pero estaba tan contento que me alegré mucho por él. Me caía muy bien La Niña. Me dio en el hocico que se iba a quedar en la habitación de David durante un buen tiempo.

19

—¿Una obra de teatro? ¿En serio? ¿Para mí? —pregunté.

—Sí, sí, te lo prometo, te quieren a ti —aseguró mi repre.

—¿Pero sin pruebas ni nada? ¿No hay otras opciones? —le dije yo un poco incrédula todavía.

—Que no…, no seas pesada, te quieren a ti. Tú te llamas Marta Torné, ¿no? Pues te quieren a ti —me aseguró.

—Madre mía… ¡Pero si yo no hice teatro ni en el instituto!

En serio que a mí el teatro siempre me ha gustado para ir a verlo, pero no para hacerlo. Me parece muy complicado estar en el escenario delante de tanta gente que te mira en silencio. ¡Qué vergüenza! Solo de pensarlo ya me entraba dolor de barriga.

Pero llevaba ya unos cuantos meses sin currar, y sin ingresar un céntimo, así que esta vez no había excusa.

—Pues yo creo que lo vas a hacer muy bien —me dijo La Niña por la noche mientras nos tomábamos una cañita en la plaza del Dos de Mayo—. Además, ya me dirás qué diferencia hay entre rodar una serie o una película y hacer teatro.

—Hombre, pues vaya pregunta. ¿Tú qué crees? —le contesté.

—Bueno, chica, tranquila. Yo solo intento ayudarte, porque pienso que lo vas a hacer bien, y quiero ser positivo. Te recuerdo que hace dos días estábamos sentados en esta misma terraza y llorabas diciendo que nadie te iba a llamar más, y que acabarías sola en la casa del pueblo de tu madre, viviendo con un montón de perros.

—¡De perros y gatos! —repuse.

—Bueno, eso. De perros y gatos. ¿Y yo qué te dije?

—Que era mentira, que me iban a salir muchos trabajos y que no iba a acabar sola porque seguro que encontraba un marido.

La Niña es la mejor amiga del mundo para animarte y hacerte sentir superbién. En ese momento observé cómo se terminaba su caña mientras acariciaba a Rufus, y me di cuenta de que tenía razón: ese papel era mío y tenía que agarrar el toro por los cuernos.

—Tienes razón. Vamos a brindar. Por esta obra de teatro...

—No me queda cerveza —dijo La Niña.

—¿Cómo? —le respondí yo un poco cortada.

—Que no me queda cerveza. Para brindar, digo —aclaró La Niña.

—Ah, pues toma de la mía..., de verdad, con lo inspirada que estaba... —le eché un culito de mi vaso y seguí con mi brindis.

—Por esta obra de teatro, que seguro que es la primera de muchas, por un futuro lleno de trabajo, de mucho amor, que espero que llegue pronto, y por amigas como tú, que espero que no se marchen nunca. ¡Y por mi Rufus, que es lo que más quiero de este mundo!

—¡Salud! —brindó La Niña.

—¡Salud! —dije yo.

—Oye, ¿y con quién estás en la función? ¿Quién es el director?

—Pues me han dicho que hay otro actor y el director es un chico también. Los he buscado en Google porque no me sonaban de nada, pero los dos están casados y con hijos, así que ya me puedo relajar porque está «todo el pescado vendido».

—Bueno, mujer, así te relajas y te centras en el trabajo.

Y vaya si me centré. Me centré como nunca antes lo había hecho. Fueron seis semanas en las que ensayamos todos los días (menos los domingos). Me lo pasé tan bien... El director, Dani, es supermajo. Creo que se dio cuenta enseguida de que estaba histérica y me ayudó muchísimo desde el principio. Yo pensé que sería más borde porque es un director con mucho prestigio; siempre ha trabajado en el cine. Todo el mundo lo admira, por eso pensaba que sería más estirado o pedante. Pero no, era un encanto. Y mi compañero de teatro, Álex, también era muy majo, aunque un poco más distante.

Al ser mi primera obra de teatro, todo me resultaba nuevo y eso molaba. Aunque los primeros días me agobiaba un poco estar tantas horas encerrados en una sala, sin dejar de hacer lecturas en voz alta, cuando empezamos a hacer las escenas de pie y a añadirles intenciones, el tiempo se iba volando y me lo pasaba genial.

Sin embargo, debo reconocer que los días más divertidos eran aquellos en que el director no podía venir. A veces tenía algo que rodar y se quedaba con nosotros el ayudante de dirección, que se llamaba Luis y era muy mono.

Luis tenía más o menos mi edad, era moreno, con los ojos muy claros y muy alto. Tenía una voz grave que a mí me encantaba. Cuando nos hablaba, su voz resonaba en la sala de ensayos y yo disfrutaba escuchándole. Era muy simpático, y siempre salía de las situaciones incómodas con chistes y comentarios superdivertidos.

Formábamos un buen equipo. Lograba hacer que me sintiera bien con mi personaje y mi trabajo en la función.

Además era guapo. Debía de tener unos treinta y siete o treinta y ocho. Parecía un intelectual despistado, pero en realidad era listo y rápido. Por lo poco que lo conocía, había visto que no le faltaba sentido del humor. Vaya, que si no tenía novia era porque no quería. Aunque no me sabía su historial amoroso, todavía no tenía la confianza suficiente como para preguntarle. Pero en algún momento lo haría.

Llegó la noche del estreno y yo estaba como un flan. El teatro estaba abarrotado. Todos eran invitados, claro. Mi gente no quería perderse mi debut en el escenario. Estaban mis padres, mis amigos de la serie, mis compañeros de programas de televisión y todos los de la profesión. O sea, se trataba del día más complicado porque eran los que más me iban a criticar.

Todo empezó bien. El público se reía mucho en cada intervención. Incluso cuando terminamos la primera escena, en la que el escenario se quedaba a oscuras y entraba un vídeo en una pantalla enorme para que nos diera tiempo a cambiarnos de ropa, la gente estalló en un aplauso.

Álex y yo nos mirábamos antes de empezar la segunda escena y le enseñaba el pulgar hacia arriba porque estábamos los dos flipando de la reacción del público.

Al iniciar la escena en la que estábamos sentados en las butacas hablando al público, noté que se me iba un poco la cabeza. Supongo que era de los nervios. No sabía qué tenía que decir a continuación. Pero lo peor no era eso, sino que tampoco me acordaba de la frase comodín.

Entré en pánico. Me quedé en blanco. Solo veía que Álex estaba hablando y sabía que en algún momento se iba a apagar su foco y que cuando se encendiera el mío yo no sabría qué decir.

Sentí que todo se ralentizaba y se desarrollaba a cámara lenta, como en las pelis de acción cuando quieren enfatizar alguna secuencia. Álex terminó de hablar y su foco se apagó. E inevitablemente se encendió el mío. Así que, cuando llegó mi momento de hablar, lo único que pude decir fue:

—Lo siento. Me he quedado en blanco. —Y lo solté mirando al público.

Joder. El director me quería matar. Menos mal que no era Shakespeare y la gente no sabía qué tenía que decir en realidad.

Y entonces me quitaron el foco y se lo encendieron a Álex, que tenía cara de pánico, pero al ser un profesional como la copa de un pino al final lo pudo salvar. Dijo su frase con toda la tranquilidad y entonces por arte de magia me dio el pie para que me acordase de la frase que tenía que decir yo.

La función siguió hasta el final como un reloj. La gente se reía, aplaudía y se lo pasaba en grande con el sufrimiento de estos dos personajes que tenían los roles cambiados. Ella era el hombre de la pareja, y él, la mujer.

Los aplausos finales me dieron un subidón de adrenalina que voy a recordar el resto de mi vida. El día que hice mi primera noche de estreno. El momento del saludo cuando subió todo el equipo a dar las gracias fue muy emocionante.

Y los minutos siguientes fueron de los más bonitos que recuerdo. Me quedé sola en el camerino, rodeada de flores por todas partes y con la satisfacción de haber hecho lo que siempre le he escuchado decir a los actores y actrices anglosajones que tanto he admirado: «The show must go on».

20

EL TEATRO

No hay nada que me guste más que el camerino de un teatro. Es como la *suite* de un hotel de lujo pero más pequeña y con más bombillas. Hay un baño con ducha o bañera y un sofá grande. Algunos tienen incluso cama. Los espejos tienen una línea de bombillas que los rodea como si fueran a escaparse de la pared. Hacen falta unas cuantas para rodear un espejo de un metro por un metro... Lo que deben de gastar en luz.

Pero si te paras a pensar es lógico, porque tienen que iluminar bien la cara de los que se van a maquillar. En teatro no hay maquilladores, los actores se maquillan y se desmaquillan ellos mismos.

Después del estreno de la función de teatro, yo estaba tumbado en el sofá mientras Marta se desmaquillaba. Qué guapa estaba. Me encanta mirarla. La miraba con la cabeza de lado y le ponía caras para que me hiciera caso.

Ella me miró por el espejo y me sonrió. Se giró y me cogió para darme muchos besos y mimos. Yo se lo agradecí con algunos lametones porque hacía muchos días que no estábamos un rato tranquilos juntos.

Por las risas y los aplausos que he escuchado desde el camerino, creo que la obra ha gustado mucho al público. Menos mal, porque tengo que decir que estos últimos días Marta ha estado un poquito insoportable. Supongo que estaba nerviosa y solo podía pensar en el estreno, pero la verdad es que esas últimas semanas había pasado un poco de mí. Pero, bueno, ahora que había estrenado y le había ido bien, todo sería mucho mejor.

A mí me gustan mucho los hoteles. Me gustan más que los camerinos de teatro y que los trenes. Que los aviones aún no lo sé, todavía no he volado en avión. No en todos los hoteles aceptan perros, pero en los que me dejan entrar es donde soy más feliz.

Primero porque en los hoteles puedo hacer cosas que en casa Marta no me deja hacer. Por ejemplo, las camas de los hoteles siempre están llenas de cojines y mi deporte preferido es subirme a la cama y empezar a tirar los cojines al suelo. En casa, Marta no me deja, pero en cambio en los hoteles se ríe y me deja hacer mi baile especial. El baile de los cojines. Consiste en rascar varias veces las patas delanteras y traseras a la vez y restregarme de espalda contra los cojines hasta que acaban cayendo al suelo. Es de lo más divertido que hay. Tendríais que probarlo.

Por cierto, ¿cuántas flores caben en el camerino de un teatro? Esto está inundado de ramos de flores y yo creo que a mí me dan alergia porque no paro de estornudar. Está claro que soy un perro urbanita. A mí dame hoteles de lujo y *showrooms* y soy feliz. Pero si me dejas en el campo, estoy muerto. Creo que no duraría ni un día.

Si tuviera que cuidar ovejas o algo así, me moriría. Para empezar, las ovejas no me harían ni caso. Tendría que ladrar tanto que me quedaría afónico al cabo de dos horas, eso por no hablar de la alergia a las flores y a todo lo que sea campestre. Quita, quita. Yo soy de ciudad. Soy urbanita y de Madrid no me saques. A mí dame semáforos, aceras asfaltadas y algún parque de vez en cuando. Pero tampoco muchos, que tanto verde agota.

Yo me canso solo de ver a los que salen a correr por Madrid. Los ves que van superpreparados con sus Nike último modelo y sus camisetas flúor. Lo del flúor debe de ser para que los vean bien los conductores y no les atropellen. Pero la verdad es que eliminar a algunos *runners* haría la circulación por Madrid mucho más fácil.

Hay días en que uno no puede ni pasear tranquilo, porque tiene que ir esquivando a los que van corriendo. Tiene huevos.

¿Desde cuándo está de moda esto de salir a correr? Yo solo corro si, cuando estamos en casa, Marta me tira algún peluche y tengo que ir a buscarlo. O una pelota de goma, si me apuras. Pero esto de salir a correr para «sentirse bien» no lo entiendo. Si alguna vez corro por la calle es porque me persiguen, pero que yo sepa a estos *runners* no les persigue nadie.

Marta alguna vez ha salido conmigo a la calle dispuesta a correr. Pero en cuanto lleva dos manzanas haciendo deporte se cansa y para. A mí me va genial porque, si ella fuera superdeportista, tendría que quedarme en casa, pero como enseguida se cansa entonces camina y a la primera de cambio nos sentamos en una terracita a tomar el sol. Eso sí que es «sentirse bien»: una caña bien tirada, unas olivas y tomando el solecito, eso es vida. Déjate de correr por la ciudad. Y si luego Marta se pide unos boquerones en la plaza de Chueca, ya me hace feliz para todo el día, porque siempre me cae algún trozo de boquerón en vinagre. Sí, ¿qué pasa? Me gustan los boquerones en vinagre.

Marta terminó de cambiarse de ropa y, por un momento, intentó recoger un poco sus cosas del camerino, que parecía la casa de Whitney Houston en su época con síndrome de Diógenes. Por suerte enseguida se dio cuenta de que era inútil intentarlo y además la estaban esperando todos sus amigos y familiares para felicitarla por la función.

Lo dejó todo como estaba y cerró la puerta del camerino sin mirar atrás. Yo pensé que si tenía que venir todos los días al teatro a hacer la función y el camerino había quedado así después del primer día, no quería ni imaginarme cómo estaría el último.

Salimos del camerino y nos dirigimos al *foyer* del teatro donde nos dimos un baño de multitudes. Había un montón de gente esperando a Marta, que se puso muy contenta de ver a todos sus amigos, familiares y compañeros de la serie.

Todos querían darle besos y felicitarla por su debut en el teatro. Yo iba en brazos de Marta todo el rato, porque cuando hay mucha gente a veces no me ven y me pisan. Así que desde esa altura escuchaba todas las conversaciones y era también el centro de atención. Todas las actrices guapas de la serie me querían acariciar. Me sentí como el vellocino de oro.

Estaba bien esto del teatro. Me gustaba mucho. Además, la gente de la profesión se daban besos en la boca entre ellos, fuesen hombres o mujeres. Yo me identifico con eso. Sí. Porque a mí, cuando doy besos, me da igual darlos en la mano que en la boca. No hago distinciones entre órganos: lo importante es la demostración de cariño. Y cuanto más cariño haya, pues mejor para todos.

Estuvimos un buen rato de cháchara con todos los amigos de Marta. La productora repartió copas de cava para todos y se hicieron varios brindis para celebrar que el estreno había sido un éxito. Ahora lo que querían era que fuera un éxito de público también y que la gente hiciera cola para comprar entradas, porque todos los que estaban ahí no habían pagado.

Vi varias caras conocidas de la televisión y del cine. También escuché algunas críticas con mi oído supersónico de yorkshire. Nada muy grave, pero en algunos casos la envidia es muy mala. Y hay actrices que no pueden soportar que Marta, que viene de la tele, también haga teatro. ¿Qué sería del mundo de los actores sin un poco de envidia y algunos puñales clavados por la espalda? Pues puro aburrimiento.

Cuando salimos para ir a cenar algo y tomar una copa con los amigos de Marta que quedaban en el *foyer* del teatro, me quedé de piedra.

Una nube de fotógrafos esperaba a Marta para hacerle fotos a la salida del teatro. Marta estaba muy desconcertada y no entendía nada. Al principio yo pensaba que era una broma que le habían gastado sus compañeros del teatro, pero enseguida vimos que eran *paparazzis* de verdad que querían pillarla en su momento más íntimo de celebración con sus amigos y compañeros de profesión. Y conmigo en brazos, claro.

Nos persiguieron un buen rato por la Gran Vía madrileña hasta que Marta se hartó de intentar hacer ver que no pasaba nada y se giró para decirles:

—A ver, ¿qué queréis? ¿Unas fotos? Pues nos paramos, nos hacéis las fotos y nos dejáis tranquilitas, que estamos de celebración.

Los *paparazzis* se hincharon a hacer fotos con todas las actrices y actores que había en el grupo, que posaban como si fuera una editorial de moda del *Vogue* en plena Gran Vía. Todos estaban riéndose porque las poses que hacían eran totalmente exageradas. Pero los fotógrafos no pararon de tirar fotos en ningún momento.

Finalmente conseguimos escaparnos de la nube de flashes no sin que antes nos tiraran unas cuantas fotos a cual más indigna. Después de cinco o seis copas de cava, Marta ya no caminaba recta encima de los tacones. Y, por si fuera poco, sus amigas actrices tampoco ayudaban mucho porque iban igual o peor que ella.

Pero tengo que reconocer que la noche fue divertida. Terminamos a altas horas de la madrugada en el Lady Pepa, un antro de Malasaña que yo ya conocía de alguna otra vez. Llegó un momento en el que yo ya estaba cansado, me hice una bolita encima del abrigo de Marta y me quedé allí dormido.

21

21

Me desperté por culpa del móvil, que no paraba de sonar. Al principio pensaba que era un sueño, pero no. Al abrir los ojos y mirar la pantalla, tenía treinta y cinco mensajes y más de quince llamadas perdidas, diez de ellas de mi repre. No entendía nada. ¿Qué pasaba? Busqué a Rufus con la mirada y lo encontré a los pies de mi cama, dormido profundamente.

«Pobre —pensé yo—, tiene que estar agotado». No me acuerdo de la hora a la que llegamos ayer, pero eran más de las tres de la madrugada seguro porque nos echaron del Lady Pepa.

Corrí hacia la cocina para beber dos vasos de agua del tirón. Volvió a sonar el teléfono, era La Niña. Descolgué pero no me dio tiempo a decir nada.

—Amiga, ¿estás viva? Llevo llamándote sin parar desde hace más de una hora.

—Bueno, estaba dormida —le respondí yo lo más dignamente que pude.

—Pues es que estaba preocupado —me dijo con un tono un poco raro para ser La Niña, que siempre habla muy directamente.

—¿Preocupado? ¿Por qué? Si llegamos ayer juntos a casa... Bueno, ayer..., hoy. Hace unas horas, quiero decir —le dije yo.

—No, ya, si no es por eso. Ya me imagino que estás en casa. Con la resaca de tu vida, pero, bueno... Es solo que... Bueno..., al parecer... —decía La Niña sin terminar la frase.

—Pero ¿qué pasa? Si no eres el único. ¡Tengo el teléfono que echa humo! Me acabo de despertar y cuando he visto todas las llamadas y mensajes que tengo... ¡No he entendido nada! ¡No me asustes, por favor!

—A ver, hija, tranquila, que tampoco pasa nada grave —me dijo.

—¿Entonces? —le contesté ya un poco harta de tanto misterio.

—Pues que ayer nos hicieron fotos.

—¿Fotos? ¿Quién? ¿Cuándo? —le pregunté alarmada.

—Pues algún fotógrafo. Algún *paparazzi* —contestó La Niña.

—Jodeeer… ¿Y para eso tanto drama? ¿Solo para decirme que ayer nos hicieron fotos? Pues vaya tontería. Después de que ayer estrenásemos la función. ¡Mi primera función de teatro, Niña! Y que además fue superbién el estreno…, porque ya sabes que el día del estreno es muy complicado y no siempre sale bien, porque hay muchos nervios…

—Marta… —me intentaba cortar La Niña.

—Pero…, no. Ayer fue genial. Es que estaba todo el mundo supercontento, y ya sabes que yo estaba de los nervios. Hacía días ya. Que estaba atacada porque era la primera vez que me subía a un escenario. Pero para ser la primera vez… ¡Menudos huevos que le eché! ¿O no?

—Marta, que no…, que te estás equivocando, tía —me cortaba La Niña.

—Oye, pero ¿qué invento es esto? No entiendo nada —le decía yo.

—Mira, tú baja al quiosco y luego me llamas. Que hoy estás imposible —me dijo La Niña y colgó el teléfono.

No entendí nada, pero me puse lo primero que pillé y, al coger las llaves, Rufus saltó de la cama corriendo hacia la puerta.

—Ahora no, Rufus. Luego te saco. —Y salí corriendo hacia el quiosco que había debajo de casa.

Al llegar al quiosco no me hizo falta preguntar. Ahí estaba yo en una revista del corazón. Justo en la esquina de la portada había una foto mía horrorosa con el titular: «El exorcismo de Marta Torné».

Estaba claro que las fotos eran de ayer por la noche. Las hicieron en la puerta del Lady Pepa. Pero ¿cómo les había dado tiempo de imprimir la revista?

En la foto yo tenía el pelo hacia arriba, como si llevara un tupé, y los ojos en blanco. Estaba sacando la lengua mientras me abría la gabardina, me apretaba los pechos y me los subía hacia arriba. A la vez que aguantaba a Rufus entre mis brazos, a la altura de la tripa. Rufus estaba mirando hacia la cámara y se le veían los ojos encendidos, reflejando el flash de las cámaras en tonos verdes. Parecía el mismísimo discípulo de Belcebú. Total, la foto era un cuadro.

Tengo que reconocer que, viendo la foto, el título tenía hasta gracia. Pero cuando te ves a ti como artista invitada, pues ya no hace tanta gracia. De hecho, no me hizo ninguna gracia.

—¿Vas a comprar la revista o no? Es que tengo que irme a comer… Bueno, hace ya un rato que tenía que haber cerrado —me dijo el quiosquero.

—Sí, sí, claro. Tenga. Lo siento —me disculpé yo recuperándome del susto de la foto.

—Bueno… Yo lo siento más por ti —me dijo con la boca pequeña mientras se giraba con las monedas hacia la caja registradora.

Tierra trágame. Que me trague de verdad, por favor. ¡Pero ya!

De camino a casa busqué las fotos del interior.

Eran todavía peores. Debajo de la foto de la portada, que por cierto estaba mucho más ampliada, había una serie de fotos mías, una al lado de la otra, donde se me veía hacer de Chiquito de la Calzada. Con fotos suyas debajo de las mías y comparando mis movimientos con sus gestos.

Vale, sí, es verdad que cuando me tomo tres copas siempre me da por contar chistes o hacer de Chiquito. Pero, claro, de ahí a que salga en una revista… hay un trecho. Era horrible.

No pude evitar empezar a llorar mientras caminaba hacia casa. Me sentía fatal. No me podía creer que esto me estuviera pasando a mí justo después de uno de los días más maravillosos de mi vida. Justo después de estrenar la función y de que todo el mundo me felicitara.

¿En serio que me iba a quedar con ese recuerdo de ese día? ¿Con esa foto mía como medio poseída? ¿Con esas fotos de mierda imitando a Chiquito de la Calzada?

Cuando pensaba que por fin estaba remontando. Cuando pensaba que el teatro me hacía tan feliz como para no acordarme más de mi ex. Cuando empezaba a no estar obsesionada con tener citas y con encontrar al hombre de mi vida. Cuando de verdad me empezaba a sentir bien, cuando por fin me empezaba a encontrar a mí misma, va y me para esto.

Al llegar a casa, ahí estaba Rufus, haciéndose el dormido encima de mi almohada. Como estaba enfadado porque no lo había sacado a la calle, me castigaba sin recibirme en la puerta. Pero me encantó verlo tan tranquilo. Dormidito.

A él no le importaba nada: ni las fotos ni el quiosquero ni el estreno ni Chiquito de la Calzada ni mi ex el innombrable, que seguía volviendo a mi cabeza una y otra vez.

Rufus siente un amor incondicional. Amor verdadero. «Qué suerte tengo de tenerlo en mi vida», pensé. Entonces se me llenaron los pulmones de amor y de paz.

Sin darme casi cuenta, suspiré. Sacando todos mis demonios: eso sí que fue un exorcismo y no el de la revista. Y me fui directa a tumbarme en la cama.

Lo cogí entre mis brazos y nos acurrucamos en posición de «la cucharita», mientras nos dábamos besitos y mimos. Era un momento de paz y amor. Necesitaba sentir esa sensación. Sentir que en realidad nada es importante. Que al final lo único que necesitas en la vida es un rincón en el mundo donde querer y dejarte querer. Da igual cómo y con quién.

Y yo en ese momento me sentía así. Libre. Libre y feliz.

De pronto sonó el móvil. Mi repre. Lo tenía que coger. Llevaba toda la mañana llamándome. Así que apreté el botón verde a la vez que colocaba la voz en un tono que venía a decir algo así como: «Me acabo de despertar, todo va genial, soy feliz y ayer cuando terminó el estreno me vine directa para casa porque esta mañana a primera hora tenía una clase de yoga que por nada del mundo me perdería».

—¿Hola? —respondí.

—¡Querida! ¡Por fin! ¿Cómo estás? ¿Has visto las fotos? —me preguntó.

—Sí, sí…, tranquilo…, ya las he visto. Me he muerto de la risa —le dije. Mentira cochina.

—Ay, menos mal que te lo tomas así. Con sentido del humor. Por un momento te he imaginado por la calle, hecha un cuadro, con la revista en las manos y llorando desconsolada. Pensando que eres la actriz más desgraciada del mundo… Ja, ja, ja. ¿Te imaginas? —me soltó mi repre.

—Ja, ja, ja… ¡Qué gracioso eres! —Y el Goya a la mejor actriz es para… mí.

—Bueno, piensa que si te sacan en las revistas del corazón es porque estás de actualidad, querida. Que, si estuvieras en tu casa muerta de asco, te aseguro que nadie te haría fotos, nadie. Es el precio de la fama. Bienvenida —me dijo mi repre tranquilamente.

¿Bienvenida dice? ¿En serio?

Si es que el pobre, en el fondo, estaba intentando animarme. Qué mono. Era de agradecer, pero creo que si supiera que eso todavía me hacía sentir peor no me lo diría.

—Gracias —respondí yo medio susurrando para que no se me notara que estaba a punto de llorar.

—Bueno, dicho esto… Te acuerdas de que esta tarde tienes promo, ¿verdad? —dijo cambiando la voz por completo.

—Ostras… Es verdad… —dije llevándome la mano a la frente.

—Ya sabes que la primera semana en cartel es la más importante y la productora quiere asegurarse de que todo el mundo sepa que existe esa función. Sé que estás cansada, y que ahora mismo es lo último que te apetece hacer. Pero, en serio, no lo puedo anular.

—Ya, ya… No te preocupes —contesté lo mejor que pude.

—Mira, te esperan a las cinco en la Ser para una entrevista grabada, y luego por la noche tienes que ir al programa de la Campos, que nos viene fenomenal porque tiene mucha audiencia. Venga, que te estaré viendo desde casa. ¡Así que ponte bien divina y a por ellos!

—Sí, creo que La Niña me ha dejado ropa preparada —le dije mirando hacia el armario para comprobar que no se hubiera olvidado.

—A las cuatro y media tendrás un taxi esperándote en la puerta de tu casa. Y luego a las siete te pasará a recoger un conductor para ir a Tele 5. Como una señora —me dijo mi repre y se despidió de mí.

Colgué el teléfono, tiré la revista a la basura y me metí en la ducha.

Entré en el estudio de la Ser. Me encanta la radio. Siempre que voy a un estudio me acuerdo de cuando tenía quince años y hacía un programa en Radio Nou Barris. Era la emisora de mi barrio. Superpequeña, pero tan especial.

No disponíamos de los medios que tiene el estudio de la Ser, eso no hay ni que decirlo, pero la magia de la radio era la misma.

A mí me encanta la magia de la radio. Siempre me ha gustado. Desde pequeña, ya me grababa en cintas de casete los programas de radio que hacían mientras iba al cole y los escuchaba por la noche.

La entrevista fue muy bien. El chico que me la hacía era muy bajito. No lo conocía de nada, pero fue muy agradable y muy simpático, así que me relajé y me olvidé de las fotos. Ya casi no tenía resaca. Hasta que el presentador me dijo que me había preparado una sorpresa. Que teníamos una llamada desde Barcelona con alguien que había sido muy importante para mí.

Me quedé muerta. A mí no me gustan nada las sorpresas y menos en directo, porque no sabes cómo puedes reaccionar. Por mi cabeza empezaron a desfilar todo tipo de nombres. Bueno, pensé hasta en el innombrable de mi ex. Pensé en algún compañero de profesión con el que había compartido bastante más que el mismo plano en alguna que otra serie. También pensé en excompañeros de clase de cuando iba al cole.

El chico me dijo que era alguien muy especial para mí y yo todavía me asusté más. Menos mal que en la radio no se me veía la cara, porque estoy segura de que debía de tener una expresión de pánico absoluto. Me recompuse como pude y disimulé todo lo bien que supe.

Cuando pasaron la llamada yo estaba cagada de miedo.

—Hola, Carlos. ¿Cómo estás? —dijo el presentador con esa voz profunda que solo tiene la gente que trabaja en la radio.

—Hola —contestó una voz al otro lado del teléfono.

Lo reconocí enseguida. Por suerte no era ni mi ex ni ningún amante ocasional. Pero sí había acertado en la última opción. Era Carlos, mi compañero de instituto con el que hice mi primer programa de radio.

—¡Carlos...! —exclamé yo por antena con toda la ilusión del mundo.

—Tenemos que decir que Carlos es un amigo de la infancia de la época en la que Marta tenía su programa de radio en Radio Nou Barris —dijo el presentador de metro sesenta y voz profunda.

—Qué ilusión escucharte por aquí —dije yo casi sin dejar hablar al presentador en su propio programa de radio.

Lo que siguió fueron una colección de anécdotas de cuando Carlos y yo hacíamos el programa de radio en mi barrio. Los dos recordamos cuando teníamos un programa de participación con los oyentes, pero, como teníamos tan pocos, cada noche hacíamos llamar a nuestras madres con un nombre distinto para que pareciera que entraban muchas llamadas.

En ese momento me di cuenta de lo feliz que era en esa época. Habían pasado casi quince años, y aunque trabajábamos sin cobrar y no teníamos recursos, lo hacíamos todo con muchísima ilusión. No podía ser que ahora solo me quejara y me sintiera tan mal por no tener a nadie a mi lado, o me pusiera a llorar porque me hacían unas fotos al salir de un estreno.

No podía ser. Tenía muchos motivos para ser feliz y no estaba dispuesta a seguir con esa actitud. Así que lo primero que hice cuando llegué a casa fue coger la revista de la papelera, recortar la foto de mi «exorcismo» y colgarla en la puerta de mi habitación mientras sonreía, y me sentí mejor que nunca.

22

Por mucho que miraba la foto que Marta había colgado en la puerta de nuestra habitación, no lo acababa de entender. Era una foto de ayer por la noche, cuando salimos del Lady Pepa. ¿Qué hacíamos en una revista? ¿Por qué Marta la había colgado? Si Marta salía fatal, la pobre. Mucho peor que cuando se levanta por la mañana con resaca y sin haberse desmaquillado la noche anterior. Yo tenía los ojos rojos por el reflejo del flash de las cámaras. No era mi mejor foto, pero no estaba mal del todo. Pero Marta salía hecha un cuadro, la pobre. Ahora entiendo que fuera a comprar la revista sin mí. Qué vergüenza me habría dado ir al quiosco y que me vieran en la revista. Ni de coña. Además, no estaba muy fino del estómago. Me notaba raro desde hacía un rato.

No termino de entender la finalidad de las revistas de cotilleos. O sea, comprendo que están para que la gente vea que los famosos son en realidad personas normales y, si queréis, incluso para reírse un poco de ellos. Hasta ahí vale. Pero antes había un respeto hacia los que salían en las revistas. Por ejemplo, Julio Iglesias podía enseñar su casa en el *¡Hola!* y no por eso luego lo sacaban cuando salía de un bar a las seis de la mañana como nosotros ayer.

Para mi sorpresa parecía que a Marta no le afectaba mucho lo de la revista, porque puso a Rufus Wainwright a tope de volumen y empezó a sacar del armario todos los vestidos que tenía. Siempre que hace eso, es que tiene una cita o algún evento. Ya la conozco. Iba tirando todos los vestidos encima de la cama. Aquello parecía un mercadillo.

Los vestidos que sacaba Marta no le duraban ni dos segundos encima del cuerpo. Los sacaba del armario, se los ponía delante y casi sin mirarse al espejo los tiraba sobre la cama. Si no hizo la misma operación veinte veces, no la hizo ninguna.

Yo le quería decir que la mayoría de los vestidos le quedaban bien, pero a ella no parecía gustarle ninguno. Marta ya estaba a punto de entrar en fase de histeria cuando decidió mandarle un mensaje a La Niña.

«Niñaaaaaaa… ¿Dónde está el vestido que me tenía que poner para ir a la tele?», seguido de un emoticono de un *smiley* que pone la misma cara que en el cuadro de *El grito,* de Edward Munch.

Por suerte La Niña siempre tiene el móvil en la mano y enseguida le respondió: «Te lo he dejado colgado en la burra de mi habitación para que no lo tengas que buscar. Está todo: vestido, cinturón, zapatos y bolso». Y un emoticono de un *smiley* guiñando un ojo.

Marta dio un salto de alegría y dijo en voz alta:

—¡Te como la cara a…! —Y salió corriendo hacia la otra habitación, donde estaba preparado el conjunto que, como había dicho La Niña, se tenía que poner.

Marta se metió en la ducha mientras yo, como siempre hago, la esperaba tumbado en la alfombrita para los pies. Cuando vi que se secaba rápidamente, no cabía duda de que tenía una cita y de que, para variar, llegaba tarde.

Efectivamente, a las siete en punto llamaron al interfono. Marta no había terminado de vestirse y le dijo al conductor por el telefonillo que bajaba enseguida.

Mentira. Por lo menos iba a tardar quince minutos más. Empecé a hacer mis cuentas mentalmente, pero ya sabía que si salía ahora no me iba a dar la cena hasta que volviese de donde tenía que ir. Aunque la verdad es que yo estaba raro y no me apetecía nada quedarme solo otra vez, así que, cuando vi que estaba lista, me paré delante de ella y puse mi cara de pena.

Si hubiera podido hablar en ese momento le hubiese dicho: «¿Ya me dejas solo otra vez?». Pero Marta y yo ya tenemos una conexión tan especial que no hace falta que hable para que ella sepa lo que le quiero decir.

Me cogió en brazos y me miró a los ojos.

—¿Quieres venir a Tele 5 conmigo, Rufus? —me preguntó con esa voz aguda que pone cuando me dice algo de forma cariñosa.

Pues claro que quiero ir. Vaya pregunta.

Bajamos las escaleras a toda prisa para encontrarnos, no sin sorpresa, que el coche no estaba esperando en la puerta. A Marta se le puso cara de pánico, pero por suerte lo vimos aparecer por la esquina. Cuando entramos, el conductor, un señor mayor, nos dijo que llevaba un buen rato esperando, y que como no se podía parar en las calles de Malasaña había ido a dar la vuelta a la manzana. Ya llevaba diez vueltas. Estaba muy cabreado. Y con razón: Marta es una tardona.

Entonces ella le puso su cara de niña buena y le pidió, por favor, si podía ir por algún sitio que no pillásemos mucho atasco porque íbamos un poco justos para una entrevista en *¡Qué tiempo tan feliz!* El conductor puso mala cara porque tenía guasa que ahora le viniera con prisas, cuando llevaba casi quince minutos dando vueltas. Pero al cabo de unos segundos, mirándonos por el retrovisor, preguntó:

—Ah..., ¿vas a *¡Qué tiempo tan feliz!*? Hombre...
A mí me gusta mucho la Campos, si vas allí de invitada,
no puedes llegar tarde —nos dijo el conductor.

Era muy fan del programa y nos llevó por un atajo
que él conocía. Así da gusto. Yo no lo he visto nunca,
pero la Campos tiene que ser la bomba.

Llegamos y la tele resultó ser un edificio supergran-
de, lleno de antenas en el techo, y con unas letras inmen-
sas que decían «Mediaset». En la entrada nos estaba
esperando una chica muy mona y muy simpática que se
presentó como nuestra azafata. Primero nos hicieron
pasar un control de los que hay en los aeropuertos, donde metes el bolso en una cinta y lo pasan por rayos X.
Yo pasé en brazos de Marta por el arco que pita si llevas
algo metálico.

Cómo me gusta cuando Marta me lleva en brazos.
Es lo que más me gusta del mundo. Porque lo veo todo
desde arriba y voy súper a gusto. Entonces es cuando
saco la punta de la lengua fuera. Gloria bendita.

Una vez pasado el control, ya empezamos a ver los
platós. Eran edificios con unas puertas negras enormes.
Cada puerta tenía un número diferente del mismo tamaño,
y unas bombillitas rojas en cada esquina. Algunas estaban
encendidas y otras no. Marta me iba contando qué era cada cosa. Me dijo que cuando están encendidas significa que
en ese momento se está grabando o emitiendo en directo.

Pasados los platós entramos en un pasillo lleno de fotos enormes de los presentadores de la cadena. Estaba claro que en la tele todo era a lo grande. Qué ganas tenía de ver el plató, seguro que también era gigantesco. Como Marta siempre me deja la tele puesta, yo conocía a todos los presentadores.

Al final del pasillo llegamos a maquillaje y peluquería. A mí no me dejaron entrar, aunque me dio tiempo de ver que era una sala llena de espejos y bombillas. Me recordó al camerino que tenía Marta en el teatro, pero a lo bestia. Las cuatro paredes estaban llenas de espejos y luces. Y delante de cada espejo había una butaca supercómoda donde sentarte con la cabeza apoyada. Yo esperaba fuera, en el pasillo, sentado en un banco con la azafata, que me decía todo el rato: «¡Qué mono eres!».

«Qué mono» es una expresión que nunca me ha acabado de gustar. Entiendo el tono con el que lo dice la gente, las chicas sobre todo. Pero el significado no me gusta demasiado. ¿Cómo que «qué mono»? Un mono es un animal más feo que yo, para empezar. Y además, en general, los monos huelen bastante peor que los perros. Mira que hay animales con los que compararme.

Marta tardó más de una hora en salir. Madre mía, ¿qué le estaban haciendo? ¿Y si le había pasado algo? Yo cada vez me encontraba peor de la tripa. A ratos me entraban ganas de tirarme algún pedito, pero intentaba aguantarme. No sé si lo logré del todo, porque a veces la azafata me miraba raro, y yo disimulaba girando la cara hacia el otro lado.

Por fin salió Marta. Estaba muy guapa. Hombre, para mi gusto se habían pasado un poco con el maquillaje: llevaba la cara como si la hubiera metido en una bolsa de Cheetos.

Nos llevaron al plató con muchas prisas y nada más entrar noté que cambiaba la temperatura. De repente hacía muchísimo frío y todo el mundo estaba muy nervioso. Había muchísima gente yendo de un lado para el otro, unos hablando por *walkies,* otros llevando cables… Madre mía, ¡qué estrés! ¿Y esto es así cada día? Con lo a gustito que se estaba en casa viendo los programas tan ricamente… Ya me estaba empezando a arrepentir de haber ido cuando llegó la Campos para saludar a Marta. Parecía mucho más delgada que en la tele, y era un poco más bajita de lo que me imaginaba. Quizás porque iba en zapatillas de andar por casa. Me imagino que luego se pondrá unos zapatos más normales. Era una señora encantadora, muy simpática. Me estuvo dando mimos un buen rato. Le dio dos besos a Marta y se pusieron a hablar de cómo harían la entrevista y que hablarían de la obra de teatro para hacer mucha promoción.

Me cayó muy bien la Campos. Me pareció una señora entrañable y muy natural.

Cuando estaban todos listos, desde el control avisaron de que quedaba un minuto para entrar en directo y empezó a sonar una música. Yo estaba de nuevo en brazos de la azafata porque Marta tenía que entrar en breve. Marta se acercó y me dio unos besitos, que me dejaron la cabeza manchada de pintalabios rojo.

Vi cómo un grupo de música empezaba a tocar una canción en directo. O quizás era *playback*, pero ellos hacían ver que tocaban los instrumentos. Un chico guapo y joven cantaba una canción con un micro en la mano. El público se puso de pie y cantaba con él dando palmas a la vez. Eso parecía más una fiesta que un programa de televisión.

Entonces salió María Teresa y todo el mundo aplaudió. Estaba radiante y con unos zapatos de tacón muy altos. Empezó a hablar y todos se callaron. Dijo que esta tarde tenían de invitada a una joven actriz muy simpática.

La Campos presentó a Marta, le dio dos besos otra vez y la hizo sentarse en una silla del plató justo a su lado. La gente seguía aplaudiendo mientras Marta saludaba con la mano al público que llenaba las gradas.

Empezó la entrevista y yo me encontraba cada vez peor. Notaba que tenía el estómago revuelto, y de pronto sentí la necesidad urgente de ir al baño. Pero muy urgente. Me empecé a mover entre los brazos de la ayudante de producción que no supo qué hacer conmigo, así que me soltó.

Corrí hacia un lado del plató buscando un baño desesperadamente. Pero vi que todas las puertas estaban cerradas. Era una trampa, no tenía escapatoria. Vi cómo la ayudante me seguía para que no me metiera delante de las cámaras. Yo no podía aguantar más, y tomé una decisión.

Me fui detrás de las gradas donde estaba el público. Me pareció el espacio más íntimo que tenía a mi alcance. Y me puse a dar mis vueltecitas para encontrar el sitio ideal. Finalmente me alivié ante la mirada atónita de todas las personas que estaban allí, incluida la azafata, que se llevó las manos a la boca y salió corriendo.

Yo me quedé mucho más tranquilo, aunque noté que algo no iba bien. Eso no era normal. Enseguida llegó la chica con refuerzos y un chico de mantenimiento tuvo que limpiar mis excrementos, que no eran precisamente sólidos.

Cuando Marta terminó la entrevista, la ayudante le dijo lo más educadamente posible que le parecía que yo no me encontraba muy bien y que me habían dejado en su camerino.

—¿Qué? ¿Qué le ha pasado a Rufus? —preguntó Marta toda nerviosa.

—Pues que me parece que no anda muy bien del estómago —dijo la ayudante con la boca pequeña.

—Pero ¿qué ha pasado? ¿Ha vomitado? —preguntó Marta incrédula.

—No. Ha hecho sus necesidades en el plató. Y no parece estar muy fino —le contó la ayudante como pudo, muerta de vergüenza.

—¿Dónde está? —dijo Marta con cara de «Tengo que ir a salvar a mi bebé».

—En su camerino.

Marta salió pitando y llegó al camerino, donde me vio hecho una bolita encima de su abrigo. Me cogió en brazos y me dio muchos besitos.

—¿Qué te pasa, Rufus? ¿Estás enfermito? —me dijo.

Nos fuimos enseguida y no me pude despedir de la Campos. Al llegar a casa me encontraba peor.

23

Llegamos a casa muy rápido. El pobre taxista que nos llevó, cuando le dije que el perro andaba algo flojo del vientre, se asustó y pisó el acelerador como si no hubiera un mañana. No descarto usar ese argumento como excusa otro día. Como siempre llego tarde, me vendrá superbién para ganar algo de tiempo.

Al llegar a casa estaba La Niña jugando al Candy Crash, pero al contarle todo el *show* de Tele 5, enseguida se ofreció a hervirle un poco de arroz mientras yo le daba un baño para que estuviera limpito.

Rufus estaba un poco chafadito, me sabía mal verlo así, pero supongo que es normal si no te encuentras muy bien de la tripa.

—Ya verás cómo ahora con el bañito te vas a quedar muy relajado. Y luego con el arroz se te pone la barriguita bien y seguro que mañana te encuentras mucho mejor —le dije mientras me miraba con las orejas hacia atrás y con cara de pena a la vez que me apartaba la mirada.

No sé, creo que nunca lo había visto tan bajo de ánimo. Estaba muy raro, cada vez lo notaba mas decaído. Empezaba a preocuparme.

—¡Niñaaaa! —grité desde el baño.

—¿Qué pasa, mujer? —me dijo mientras abría la puerta.

—¿Y si Rufus se pone peor? Hoy es domingo. ¿Qué hora es?

—Casi las once. Pero, hija, no seas histérica. Que todos nos encontramos mal en algún momento. Si ha hecho diarrea, ya sabes que está malito de la tripa. Ahora a darle arroz hervido y agua. Seguro que mañana se levanta por la mañana fenomenal, pero no te pongas a pensar en dramas, porque se lo contagias al perro, haz el favor.

—Vale, vale... Tienes razón —dije yo sin dejar de preocuparme del todo.

Después del baño se quedó en su camita acurrucado, hecho una bola. Le intenté dar un poco de arroz, pero no quiso comer nada. Así que lo tapé con su mantita azul y lo dejé descansar, mientras La Niña hablaba sin parar y hacía bromas, intentando distraerme. Qué mono.

Después de cenar nos pusimos una peli, pero nos quedamos dormidos enseguida. Yo estaba agotada de haber salido la noche anterior y del día que había tenido, que había sido bastante completito por decirlo de alguna manera.

Me desperté en el sofá y ya eran las dos de la madrugada. Odio despertarme ahí porque no hay nada que me dé más pereza en el mundo que tener que ir hacia la cama. Hay veces que hasta me he quedado ahí toda la noche solo por no moverme.

Entonces me acordé de Rufus. Me levanté del sofá dando un salto. Corrí hacia su camita, pero estaba vacía. Miré alrededor y no lo vi. «¿Rufus?... ¡Rufus!», le empecé a llamar en voz baja, para no despertar a La Niña, pero no contestaba. Qué raro. Miré por todas partes: en el comedor, en mi habitación. Pero nada, no estaba. Hasta que vi un reguero de sangre en el pasillo que iba hacia el baño. No tuve tiempo ni de reaccionar. Seguí caminando y me encontré a Rufus junto a un enorme charco de sangre.

—¡Dios mío! Rufus... ¿Qué te ha pasado? —dije entrando en pánico.

En ese momento sentí que se me iban las fuerzas, me temblaba todo el cuerpo y me fallaban un poco las piernas. Rápidamente me arrodillé junto a él y lo cogí con las dos manos con mucha delicadeza. Al levantarlo noté que había perdido peso, era como más pequeñito, y tenía la cabeza agachada con lo ojos cerrados.

—Mi amor…, tranquilo, que ahora mismo te voy a llevar a que te vean qué es lo que tienes para que te pongas bueno otra vez —le decía casi susurrándole mientras se me escapaban las lágrimas.

Con una toallita húmeda, le limpié las dos patitas traseras, que tenía manchadas con sangre, y directamente lo metí en la bolsa de viaje envuelto en una toalla por si se volvía a manchar.

Fui corriendo hacia La Niña, que seguía dormida en el sofá con la boca abierta.

—Niña… Niña… Despierta… —le pedía yo en voz baja mientras le cogía el hombro y lo movía. Al ver que no respondía, fui un poco más brusca y le grité:

—¡Es Rufus! ¡Tenemos que llevarlo a Urgencias!

—¿Rufus? ¿Qué le ha pasado? Ay, pobrecito mío… ¡Corre, llamo a un taxi ahora mismo! —decía mientras se levantaba del sofá como un zombi.

—Ha hecho caquita con mucha sangre. Él está ya en la bolsita preparado para irnos.

—¿Sangre? ¿De verdad? Pero eso es muy grave, ¿no? Pobrecito.

—Sí, eso parece. No lo sé. Pero lo importante ahora es encontrar un veterinario de Urgencias. Son las dos de la mañana pasadas... ¿Tú conoces a alguno de confianza?

—¿Quién, yo?

—Sí..., no sé, llevas en Madrid más de quince años.

—Ya, pero nunca he tenido perro ni gato —afirmó La Niña.

—Bueno, pues lo busco en Google y que sea lo que Dios quiera.

—Espera, espera..., puede que la Desi sepa de alguno —dijo La Niña acordándose de algo.

Desi es una amiga de La Niña de hace muchos años que vive a las afueras de Madrid en una casa muy grande y con muchos perritos. Le encantan los perros.

—¡Es verdad! Si pudieras llamarla, aunque mira la hora que es...

—Nada, mujer, es una emergencia. Ella se enfadará si se entera de que no la hemos llamamos por no despertarla en una situación como esta.

—¡Muchas gracias, Niña! —le dije mientras la abrazaba.

Mientras él llamaba a su amiga Desi yo me fui al baño. Hice fotos de las manchas de sangre que había dejado Rufus y, como pude, me llevé una muestra en un botecito que encontré, por si el veterinario necesitaba analizarla.

Justo al salir del baño, escuché la voz de La Niña hablando por teléfono con Desi. Ya sabía cuál era el mejor veterinario de Madrid. Se llamaba Ramón y tenía una clínica en Antón Martín. Según palabras literales de Desi: «Es el mejor veterinario que hay en España y seguro que te va a encantar».

24

Nunca me había encontrado tan mal. Tenía un dolor de barriga horrible. No me apetecía ni comer ni beber ni jugar con los peluches. Y encima se fue y me dejó solo en la clínica.

Era la primera noche que pasaba sin Marta desde que me había ido a vivir con ella. Ramón, el veterinario que nos atendió, tenía mucha empatía. Era atento, cariñoso y además era muy guapo, para qué negarlo.

Era rubio con ojos azules, pero no era el típico chico rubio con ojos azules. Tenía algo de surfero australiano que le daba un punto asalvajado interesante. Pero de eso ya se dio cuenta La Niña nada más entrar.

Marta estaba demasiado nerviosa como para fijarse en nada que no fuese yo. Y cuando Ramón le dijo que era mejor que se fuera a casa a dormir y que mañana la llamaría, se puso muy triste.

Yo también, la verdad. Pero lo importante para mí era que Ramón era muy buen profesional aunque no me apetecía nada quedarme con él toda la noche. Yo quería estar con Marta.

Lo primero que hizo cuando nos quedamos solos fue tomarme la temperatura. Ya me lo habían hecho antes, pero siempre existe ese momento incómodo en el que el veterinario te mira y te acaricia la cabeza mientras te dice:

—Tranquilo. No nos vamos a hacer daño, ¿verdad que no? —Mientras, me miraba a los ojos.

Pero, claro, no era a él al que le estaban metiendo un termómetro por el culito. Así que lo miré y me quedé quieto con cara de: «Esto no me gusta nada, pero me lo dejo hacer porque confío en ti».

La confianza era mutua. Enseguida vi que Ramón era un tío del que me podía fiar. Y él también entendió que se podía fiar de mí y que no le iba a morder. Yo no soy de esos perros pequeños histéricos que enseguida se enfadan y se ponen a morder a todo el mundo. Conozco a algunos y creedme si os digo que no querríais ser sus dueños. Hay algunos perros pequeños que incluso han mordido a sus amos. Sobre todo los chihuahas. Pueden llegar a ser muy celosos.

¿Quién fue el que inventó esa frase que dice: «Nunca muerdas la mano del que te da de comer»? Gran frase. No se me ocurriría nunca morder a Marta. ¿Cómo iba yo a morderla? Si es lo que más quiero en este mundo y solo quiero lo mejor para ella. En todo caso, lo que quiero hacer es defenderla.

Y como algunos yorkshire nos pensamos que somos siete veces más grandes de lo que somos en realidad, a veces me pongo chulo con algún otro perro más grande que yo para defender a Marta. Por si acaso. Solo por si acaso. Yo ladro primero y luego ya veremos qué ocurre.

Ramón vio que tenía un poco de fiebre, pero no demasiada. Los perros siempre tenemos más temperatura que los humanos, así que treinta y ocho y medio era algo alto, pero nada alarmante. Eso le tranquilizó.

Ya debían de ser la una o las dos de la madrugada, Ramón y yo éramos los únicos que estábamos todavía en la clínica veterinaria. Desde la consulta veía la sala de espera vacía y la persiana de la calle bajada.

Me pasó a una sala donde me estuvo haciendo unas ecografías en el estómago y luego unas placas de rayos X. Yo me dejaba hacer mientras Ramón me iba hablando. Me hablaba todo el rato como si él sí fuera consciente de que lo entendía.

—Bueno… Ahora miraré las placas y tú te quedas aquí solo un rato, ¿vale? —me dijo mientras me cogía en brazos.

Me iba contando lo que me hacía de una forma muy tranquila y sosegada, como si eso le diera permiso para poder hacerme todas las pruebas que quisiera. Es verdad que en ningún momento me sentí en manos de un extraño. Era una sensación muy rara. Como si de algún modo en sus manos me sintiera en casa.

Me dejó solo en una jaula grande que había en la consulta mientras se iba a mirar las radiografías. Yo me quedé ahí tumbado. Todavía me dolía la barriga pero no sabía de qué podía ser. Me volvieron a dar unos retortijones terribles y volví a sentir la necesidad urgente de ir al baño. Pero estaba encerrado en la jaula y no me podía mover de ahí.

Así que tuve que hacerlo ahí dentro: vaya día llevaba. Primero me hago caca en el plató de la Campos, luego en casa y ahora en la jaula de un veterinario. Como para morirse de vergüenza, vamos.

Ramón volvió al cabo de unos minutos y me vio hecho una bolita al otro lado de la jaula. Enseguida vio que tenía la cola entre las piernas y que sabía perfectamente que lo que había hecho estaba mal. Pero no podía hacer nada más.

Lo que me sorprendió es cómo reaccionó. En lugar de enfadarse o quejarse por lo que había hecho me cogió en brazos y le restó importancia al asunto.

—Así que todavía andamos mal del estómago, ¿eh?
—me dijo mientras movía la cabeza de un lado a otro
investigando mis excrementos.

—Bueno, tranquilo, que no pasa nada. Ahora te daré una pastilla y se te pasará la diarrea en unos minutos.

«Si tú lo dices», pensé yo. Lo que sea con tal de no
tener que volver a pasar esta vergüenza. Me dio la pastilla mezclada con una «chuche» para perros. Estaba buenísima y, como ya hacía rato que no había comido nada,
se lo agradecí mucho, la verdad.

Entonces Ramón cogió una muestra de los excrementos y la puso en un botecito. Se la llevó al laboratorio que
tenía en la sala contigua y me volvió a dejar en otra jaula limpia, con un bol lleno de agua y un poco de comida seca. No
era el paraíso, pero era lo que más se acercaba.

Entré y me puse a oler la comida. Tenía hambre.
Así que comí un poco y me bebí todo el agua del cuenco. Cuando ya me estaba quedando medio dormido, vi
que Ramón entraba en la consulta y me cogía en brazos
otra vez.

—Bueno, me parece que ya sé lo que tienes tú —me
dijo con la misma voz tranquilizadora con la que me hablaba desde el principio de la noche.

Pues no sé qué será lo que tengo, pero lo que yo
quiero es no pasar de nuevo por el mal trago de ir de
vientre otra vez en menos de cinco horas.

—Tú te has tragado una bacteria que hay en las cacas de paloma —me dijo sonriendo.

¡Venga ya! Pero si yo las cacas de paloma no me las trago. Como mucho las huelo para ver qué tal. Pero yo nunca me he comido ninguna. Pues resultó que sí. Había olisqueado demasiado una caca de paloma mientras paseaba por la calle con La Niña, y una bacteria chunga se me había instalado en el estómago haciendo que yo no pudiera controlar mis necesidades desde hacía unas cuantas horas.

De manera que Ramón me cogió y me puso una inyección con un antibiótico que supuestamente tenía que acabar con la maldita bacteria. Me quedé dormido en sus brazos; se estaba tan bien y tan calentito.

Ya debían de ser las cuatro de la madrugada y cuando volví a abrir los ojos vi que Ramón también se había quedado dormido conmigo en brazos. Ya me encontraba mejor. Era la primera vez que me dormía con alguien que no fuera Marta, pero ese chico era muy especial.

25

Al salir de la clínica veterinaria estábamos los dos totalmente agotados. La mezcla de no haber apenas dormido y el susto y la preocupación por Rufus hicieron que en el taxi de vuelta La Niña y yo fuéramos en silencio todo el camino.

Bueno, miento. La Niña me repitió como tres o cuatro veces lo guapísimo, alto, majo e ideal que era Ramón. Yo ni le contesté, no estaba para tonterías. Solo quería que Rufus se recuperara y que fuera pronto, porque ya lo echaba muchísimo de menos.

Por la mañana, sobre las nueve, La Niña me despertó entrando en mi habitación como un huracán. Me llamaba el veterinario. Como me había tomado cuatro valerianas para poder descansar mejor, me costó un poco reaccionar. Al ver que tenía metidos en la cama todos los peluches de Rufus me acordé de lo que había pasado la noche anterior. Tardé el tiempo justo para que La Niña me pusiera el móvil en la oreja y escuchara:

—¿Hola?… ¿Marta?… —Era Ramón, el veterinario, el que hablaba.

—Mmm… Sí. Hola. Buenos días… ¿Cómo está Rufus? —pregunté todavía un poco aturdida.

—Buenos días. Bueno, estate tranquila. Rufus está aquí conmigo, ha pasado la noche bien y ya sabemos lo que tiene.

—¿De verdad? ¿Entonces no se va a morir?

—No, mujer —dijo cariñoso a través del teléfono—. Te he dicho que estés tranquila. Rufus va a salir de esta, no te preocupes —me aseguró Ramón con su voz calmada—. Me imagino que te acabas de levantar, así que desayuna algo con calma y cuando quieras puedes venir a la clínica a por Rufus y te lo cuento todo.

En ese momento me embargó una de las sensaciones de felicidad más grandes que recuerdo haber tenido en mi vida. Se me saltaban las lágrimas.

—¡Muchísimas gracias! De verdad… ¡Te lo agradecemos mucho! Ahora mismo vamos para allá. ¡Muchas gracias! ¡Muchísimas gracias! ¡Qué alegría más grande! —Y colgué.

Me levanté de la cama y me lancé a abrazar a La Niña, que estaba sentado a mi lado.

—Lo ves…, ya te dije yo que era el mejor veterinario. Desi ya me lo dijo, y si me lo dice Desi…, nunca se equivoca —añadió La Niña intentando ponerse la medalla al mérito por haberme conseguido el contacto de Ramón.

—Pues sí, estoy más tranquila. ¡Muchas gracias, Niña! Luego llamamos a Desi y le doy las gracias personalmente, pero vamos para la clínica, que quiero ver a Rufus… —le dije quitándome el pijama y tirándolo al suelo.

—Yo no puedo ir, que tengo unas fotos y no las puedo anular.

—Ah…, vaya…, bueno. No pasa nada, voy yo y luego te veo en casa.

—¿Qué te vas a poner? Ponte un poco mona, hija —me dijo mientras abría mi armario.

—A ver… ¿Hay *photocall* en el veterinario? No, ¿verdad? Pues ya está. Me pongo lo primero que pille y llamamos a un taxi —contesté.

—Que no es eso, mujer. Ese chico es ideal. Con que te pongas un poquito de maquillaje y algo mono, es que cambias mucho, ya lo sabes.

Llegué a la clínica sin hacerle ni caso a La Niña: llevaba unos vaqueros con una sudadera gris, una coleta medio deshecha y nada de maquillaje.

Estaba muy nerviosa y con muchas ganas de ver a Rufus. La chica de la recepción me hizo pasar a una sala de espera y me dijo que Ramón vendría enseguida. Los cinco minutos que tardó en aparecer Ramón se me hicieron eternos.

Estaba muy nerviosa, iba caminando sin parar por la consulta como un león enjaulado, así que salí de la habitación por si los veía aparecer por los pasillos de la clínica. Y, efectivamente, los vi a través de unos cristales caminando a lo lejos. Ellos no se habían fijado en mí, pero después de la emoción de ver por fin a Rufus, me llamó la atención que parecía estar encantado en los brazos de Ramón. Me dio la sensación de que disfrutaba de ese paseo en los fuertes y largos brazos de Ramón: tenía la misma postura que la esfinge egipcia. Incluso llevaba las patitas delanteras cruzadas.

Me quedé un poco descolocada. No sé si era porque había dormido poco, pero tardé en reaccionar cuando finalmente cruzaron las puertas batientes y me vieron.

—¡Marta! ¡Buenos días! Aquí tienes a tu Rufus —dijo Ramón sonriendo, mientras me lo entregaba.

Rufus empezó a mover la colita y a tirar las orejas hacia atrás, a la vez que movía la cabecita de un lado a otro y se agitaba nervioso y feliz, intentando darme besos todo el rato.

—¡Mi amor! ¿Cómo estás? Uy, ya veo que muy bien. —Al abrazarlo y darle besitos, noté que olía diferente. Desprendía un aroma que nunca había olido antes. Era como una mezcla de vainilla y canela, pero muy sutil. También me fijé en que en la patita derecha llevaba una venda de color rojo. Ramón se dio cuenta y, mientras me sujetaba la puerta de la consulta para dejarnos entrar, me lo explicó:

—Lo de la venda es porque ayer le tuvimos que poner una vía para hidratarlo, porque cuando llegó a la clínica estaba un poco deshidratado, ¿verdad, Rufus?

En ese momento, al dejarlo encima de la mesa, Rufus salió disparado hacia Ramón moviendo la colita como si quisiera responder a la pregunta que acababa de hacerle el veterinario.

Qué raro, eso no era normal. Rufus siempre quería estar conmigo y ese día más; era la primera vez que pasábamos una noche separados.

—Bueno, te cuento lo que ha pasado con Rufus y sus problemas de tripa. Resulta que por algún motivo estuvo oliendo más de la cuenta alguna caca de paloma por la calle y sin querer ingirió algún germen que está en las heces que dejan las palomas por ahí. Se trata del *Escherichia coli*, una bacteria muy conocida que si no se trata con rapidez provoca estos síntomas de diarreas y problemas en el intestino delgado. Ahora Rufus ya se encuentra mucho mejor, le hemos administrado un antibiótico y debe tomar unas pastillas que te daré para que acabe de curarse.

Ramón me decía todo esto mientras me iba enseñando un libro de veterinaria que tenía varias ilustraciones, pero por algún motivo yo no prestaba mucha atención a sus comentarios.

Estaba muy contenta de haber dado con Ramón y su equipo, y sobre todo de que Rufus se hubiera recuperado tan pronto y de que lo hubieran cuidado tanto.

Cuando terminó de explicarme el tratamiento, nos quedamos los dos callados un momento. Ya estaba todo dicho y era el momento de irse.

—Venga, Rufus, que nos vamos para casa —dije mientras le abría su bolsa de viaje para que se metiera dentro.

Rufus se fue hacia Ramón y se sentó junto a él. Me pareció muy gracioso.

—Vaya, hombre. Parece que no se quiere ir —repuso Ramón sorprendido.

Los dos nos reímos. Ramón no sabía muy bien qué decir:

—Bueno... Es que ayer... Tengo que confesarte algo. Rufus y yo tuvimos noche de chicos. ¿Verdad, tío? Bueno, ya sabes, después de hidratarlo, hacerle análisis de sangre y radiografías... Nos abrimos unas cervezas, nos pedimos unas pizzas y estuvimos viendo un partido de básquet mientras hablábamos de chicas.

Solté una carcajada explosiva. Me pareció muy ingenioso. Y necesitaba reírme así: no se cuánto tiempo hacía que no me reía.

—Vaya, espero que las pizzas y las cervezas sean invitación de la casa —contesté yo muy rápida y pizpireta.

—No te preocupes —añadió Ramón muy sonriente y con la risa floja—. Eso es marca de la casa. Siempre que os apetezca una cerveza o una buena porción de pizza grasienta... ¡Este es vuestro lugar!

Nos quedamos otra vez los dos callados, fue un momento incómodo. Ese chico era ideal. Además de ser muy guapo y casi un superhéroe, ¡era muy divertido!

¡Horror! En ese instante me di cuenta de que yo iba fatal. Totalmente desaliñada. Sin maquillaje, despeinada... «Marta, ¡vete de aquí ya!». Me decía una voz interior.

—Bueno, pues nada, encantada y muchas gracias por todo. Me tengo que ir corriendo, que me acabo de acordar de que llego tarde y fíjate qué pintas llevo... Ja, ja, ja, ¿Cómo puedo ir así por la calle? Con estas pintas..., ejem... Bueno, oye, ha sido un placer... —Y le tendí la mano.

Ramón no daba crédito. Me cogió la mano y tiró ligeramente de mí para despedirse mientras me daba dos besos. Entonces me di cuenta. Esos dos besos en las mejillas sucedieron a cámara lenta. Respiré profundamente y hasta la parte más honda de mi pituitaria llegó el olor más delicioso y excitante que había percibido jamás: era una mezcla de vainilla y canela. Me quedé paralizada.

Lo siguiente que recuerdo es que salí corriendo de aquella consulta, y me pasé todo el viaje en el taxi de vuelta a casa oliendo a Rufus, intentando encontrar ese aroma que había hecho que algo dentro de mí cambiara.

26

La noche en la clínica veterinaria había resultado mejor de lo que pensaba. Yo estaba encantado de volver a casa. Me apetecía muchísimo estar con Marta, en nuestra camita y con nuestras cosas, pero ahora tenía un nuevo amigo. El problema era que no sabía cuándo lo iba a volver a ver.

Me tomé todo el tratamiento que me recetó Ramón y ya me encontraba mucho más fuerte y con más energía. Ese chico sí sabía lo que se hacía. Había conseguido curarme en menos de cuarenta y ocho horas. Ojalá pudiera volver a verlo pronto para darle las gracias.

Una noche, justo el día de la última dosis de antibiótico, estábamos en casa cuando a La Niña se le ocurrió llamar a Desi y explicarle que yo ya estaba recuperado y darle las gracias por habernos enviado a la clínica de Ramón. Yo estaba descansando tras la cena, pues me encanta echarme una cabezadita después de cada comida del día. En ese momento estaba medio dormido. Pero al oír que hablaban de Ramón levanté la cabeza para enterarme de todo lo que decían.

Marta le estaba dando las gracias a Desi, pero enseguida le pasó el teléfono a La Niña porque estaba lavando los platos y no era buen momento para hablar. Quedaron en comer la semana siguiente, y se despidió muy cariñosamente.

En ese momento, La Niña se quedó sola en el comedor hablando con su amiga:

—… ah, hija, ya le dije que era monísimo. Pero ella no está muy por la labor. (…) ¿Ah, sí? (…) ¿Y cuándo te llamó? (…) Uy, pues eso es muy buena señal. ¿Te dijo algo? (…) ¿En serio? Espero que le dijeras que Marta está también soltera. (…) Ya. Sí, sí, entiendo. (…) Pues no puede ser, yo estoy un poco que no sé cómo hacerlo. (…) Es que es ideal para ella, pero está un poco cerrada en banda. (…) Vale, sí. Hacemos eso. (…) A ver si consigo que esté un poco más receptiva y vamos hablando. Un besito. Chao.

Me quedé escuchando sin dar crédito a lo que oía. No me había enterado muy bien de la conversación, pero mi oído privilegiado de yorkshire me permitió entender que Ramón estaba soltero y que se había interesado por Marta. Ojalá pudiera hablar porque le diría a La Niña que yo tenía la solución para que Marta y Ramón estuvieran juntos. Me iba a encargar de que mañana mismo se volvieran a ver.

27

Ya habían pasado unos días desde que tuvimos el susto con Rufus. Desde ese día él estaba muy contento, con mucha energía y ganas de jugar todo el rato. Yo disfrutaba de él como si esa experiencia nos hubiera unido todavía más.

Me sentía feliz de verlo tan bien y, como por entonces yo estaba haciendo solamente la obra de teatro, tenía todo el día para estar con él. Estábamos juntos hasta la hora de hacer la función y luego salíamos para el teatro dando un paseo.

Era un momento muy dulce en todos los sentidos. Cada día disfrutaba más con la función. En la platea había cada vez más gente que venía a vernos y, cuando terminaba la obra, saboreaba cada segundo de los aplausos del público y luego me iba corriendo al camerino para ver a mi Rufus, que estaba siempre esperándome con unas ganas locas de verme.

No voy a negar que me costó un poco quitarme de la cabeza la «no cita» con el veterinario. En realidad, no sé si me costó más borrar lo maravilloso y guapo que era Ramón o el bochorno que me entraba cada vez que me acordaba de la pinta que llevaba yo el día de la «no cita». Y encima yo tonteando. ¡Qué vergüenza! Cuando me venía el recuerdo a la cabeza, me ponía las manos en la frente y me entraban unos sofocos que solo se me pasaban al repetirme a mí misma que nunca más iba a volver a ver a Ramón. Menos mal. Qué alivio. Suerte de eso.

Era martes por la noche y como no tenía teatro esa noche quedamos para cenar con La Niña. Me propuso cenar en casa para celebrar que Rufus estaba superbién y me pareció genial. Creo que hay que celebrar las cosas. Ese día íbamos a cocinar juntos y a abrir una botella de vino: el plan perfecto.

Al estar haciendo teatro, tengo casi todo el día libre, pero quedar para cocinar en casa y cenar juntos siempre es complicado, de manera que me apetecía muchísimo.

Por la tarde fui a comprar al mercado todo lo que La Niña me dejó apuntado en una lista. Me hizo una lista para nuestra cena y otra para la de Rufus. Qué mono.

Cuando La Niña llegó de trabajar, le estábamos esperando para empezar a cocinar juntos. Había recogido la casa, había puesto la mesa con velitas, y estaba todo ordenado y preparado para cocinar. Mi casa parecía el plató de un programa de cocina.

Enseguida nos pusimos manos a la obra. Rufus estuvo todo el rato en su camita. Con su postura de dormir, pero con los ojos abiertos.

—Qué raro… —le dije a La Niña.

—Lleva ya un buen rato ahí tumbado. Y le estamos preparando un pastel de atún y pavo. Lo normal es que estuviese aquí en la cocina pidiendo que le diéramos un poco.

—Mujer, no empieces. Estará cansado —añadió La Niña con poca paciencia—. ¿No habéis estado todo el día paseando y haciendo cosas? Pues déjalo que descanse un poco… Luego ya cenará.

—Vale, vale… Tienes razón.

—Yo creo que estás traumatizada de lo que tú y yo sabemos. Que si me hubieras hecho caso y te hubieras arreglado un poquito aquel día…, a lo mejor ahora seríamos cuatro a cenar —dijo La Niña sin dejar de cortar.

—Vaya…, hoy has tardado solo media hora… ¡en recordármelo! —añadí ya un poco enfadada.

—Hija, lo siento. Es que es tan guapo… Hoy he estado buscando su nombre en Google y no aparece nada. Bueno, su clínica sí que tiene página en Facebook, pero en las fotos no sale él, solo animalitos.

—¿En serio? Estás obsesionado... —le advertí yo.

—No es verdad: estoy fascinado —me corrigió La Niña.

—Pues ya puedes ir olvidándote de él porque no voy a volver a esa clínica. Si quieres verlo de nuevo, cómprate un chihuahua, que te pega mucho —le dije yo con ganas de zanjar el tema de una vez por todas. La Niña se quedó callada hasta que al cabo de treinta segundos soltó:

—Desi me ha dicho que no tiene novia.

En ese momento paré de cortar pepino. Se me pusieron los ojos como platos, pero giré la cara para que La Niña no me viera y disimulé.

—Ahá... —dije yo haciendo ver que me daba un poco igual.

—¿Ahá? ¿Cómo que «ahá»? ¿Quién eres...? ¿La Supernanny?

Nos pusimos a reír los dos a la vez. Qué gracioso es.

—Venga, saca ya las patatas del fuego, que se están deshaciendo —me ordenó.

El menú de la noche consistía en las dos especialidades de La Niña: gazpacho y ensaladilla rusa. Le salen de rechupete.

Eso sí, cuando cocina se vuelve un marimandón que no hay quién lo aguante. Yo me convierto en su pinche al que lo único que hace es someter y dar órdenes.

La cena de Rufus era un riquísimo minipastel de atún cubierto por unas finísimas y jugosas lonchas de pavo. Por encima, para decorarlo, le habíamos puesto unas «chuches» de sabor a queso y bacon: sus favoritas. Sin duda habíamos conseguido hacer un manjar para él.

—¡Venga, Rufitus, a cenar! —le llamé yo mientras llevaba el pastel a la mesa—. Que hoy es el primer día que terminas la medicación y ya puedes comer lo que te apetezca. ¡Corre, ven!

Pero nada, Rufus no se movía. Me empecé a mosquear. Dejé el pastel en la mesa y fui hacia la habitación. Rufus seguía en su camita.

—Pero ¿qué te pasa? —le pregunté mientras me arrodillaba a su lado.

Ahí estaba. Hecho una bolita y con los ojos medio abiertos. Lo que más me preocupó fue que no reaccionaba a lo que le decía. Ni siquiera me miraba. Le intenté coger la cabecita para tocarle el hocico y ver si tenía fiebre o no. Pero giró la cabeza hacia la pared.

—¡Niña! ¡Corre, porfa, tráeme el pastel que le hemos hecho a Rufus!

—¿Qué le pasa? No me asustes… —dijo La Niña mientras traía una porción del pastel en un platito.

—No tengo ni idea, porque no parece que esté mal. De hecho, creo que no tiene fiebre, pero no reacciona a nada de lo que le digo —me lamentaba yo mientras le ponía delante del morro un poquito de pavo con atún—. ¿Lo ves? Ni se ha movido, ni siquiera lo huele.

—Sí que es raro, sí… Y ¿qué hacemos? —preguntó La Niña.

—Pues está claro que algo le pasa… No es normal —dije mientras me levantaba—. Nos vamos al veterinario.

Cogí a Rufus en brazos y lo metí en su bolsa de viaje. No me podía creer que justo tres días después estuviéramos pasando por la misma situación.

—Qué mal me sabe. Ya verás cómo al final no es nada. Pero sí, haces bien en llevarlo, así te quedas más tranquila —decía La Niña.

—Sí, bajo ahora mismo y enseguida vuelvo y cenamos —respondí.

La Niña puso cara de no entender nada.

—¿Adónde bajas?

—Pues aquí al lado, a la calle Colón, al veterinario del barrio al que siempre lo llevo.

—Pero si ya son más de las ocho. Seguro que está cerrado. Además, lo normal es que lo vea Ramón, que es el que lo ha tratado.

Por un momento, solo de pensar que iba a ver a Ramón, me empezaron a temblar las piernas.

—Ya, es verdad, tienes razón. Es mejor que lo vea él —dije yo con la boca pequeña, mientras miraba a Rufus.

La Niña se puso a aplaudir.

—¡Qué divinidad! Madre mía. ¡Qué nervios! Venga, venga, que tenemos que ponerte divina y espectacular. Que cuando te vea entrar por la puerta se caiga de la silla.

Solo de pensarlo sentí algo en la barriga. Como un suave latigazo. Una mezcla entre nervios y emoción.

—Bueno. Tampoco nos volvamos locos, me parece bien que no vaya con la pinta de *homeless* del otro día, pero tampoco nos vengamos muy arriba —le advertí a La Niña.

Por un momento, me quedé mirándolo. Iba de un lado a otro de la habitación, buscando vestidos, faldas, zapatos, blusas. Tirándolos encima de la cama y hablando sin parar como un energúmeno.

Me sentía un poco mal porque Rufus estaba otra vez malito y nosotros estábamos preocupados por tonterías. Pero era verdad que no podía volver a esa clínica si no iba espectacular.

—Tú tranquila, vete a maquillar y yo te escojo un vestidito de esos como de día, pero que te marque cinturita y con un escote bien bonito. Si quieres te pongo unas deportivas para que no parezca que vas superarreglada, pero que te darán un rollo supersexi —decía La Niña sin parar.

—¿Supersexi? Pero ¿quieres que piense que soy una buscona? Oye, que me parezca mono es una cosa, pero que me lo quiera ligar es otra muy diferente —repuse yo haciéndome la indignada.

La Niña se quedó callado unos segundos mirándome fijamente y luego me soltó:

—¡No, no, claro que no! ¿Quién habla de ligar? ¡Qué barbaridad! Yo solo me preocupo por ti, como estilista y como amiga. De hecho, antes de conocer a Ramón, yo ya te decía que te pusieras mona. Así que este chico no tiene nada que ver. Vamos, es que no pinta nada.

Me lo quedé mirando cerrando un poco los ojos, sin saber muy bien si me estaba vacilando o no.

—¡Venga, mujer! ¡Espabila! Vete a maquillar un poco. ¡Hazte el *eyeliner* así finito como te lo haces tú, que te queda tan bien! —Y me dio un cachete en el culo mientras me empujaba hacia el baño.

La verdad es que no tardé más de media hora en estar lista. Era justo lo que necesitaba, un *look* muy estudiado pero que a su vez parecía casual y que me favorecía mucho.

Vestido rojo muy ligero, con un estampado de florecitas blancas muy pequeñas, con un cinturón marrón oscuro muy fino y unas deportivas blancas. Melena suelta con ondas y maquillaje natural, con los ojos y los labios naturales pero muy marcados a la vez.

—Estás maravillosa… —me dijo La Niña lleván-dose la palma de su mano derecha al pecho y sin dejar de mirarme.

—Bueno, venga… ¡No me pongas nerviosa!

—¡Espera, espera, espera…! ¡Dame un abrazo!

En ese momento sonó el interfono. Era el taxi.

El viaje en taxi se me hizo eterno, supongo que por los nervios de saber qué le ocurría a Rufus esta vez, y también por volver a ver a Ramón.

Al llegar a la clínica y entrar por la puerta, vi a Ramón en la recepción hablando por teléfono. Estaba de pie, al lado de la recepcionista que estaba sentada y mirando el ordenador. Al verlo, me quedé muy cortada. Primero porque no esperaba encontrármelo en la puerta, y segundo porque estaba guapísimo. Me quedé congelada, paralizada, mirándolo sin que él me viera.

Él estaba hablando de algún tema serio porque se le veía preocupado. Dijo algo de Sídney que yo no entendí, imagino que no era ninguna consulta de la clínica. Pero me quedé embobada observándolo. Era el hombre más atractivo que había visto jamás. Además de ser alto, rubio, atlético y guapísimo. Era mucho más que eso: desprendía masculinidad y fuerza, pero mucha ternura a la vez. Con una voz grave y limpia que no podía ser más sexi. Además, me di cuenta de que se le cerraban un poco los ojos al reírse: siempre me han fascinado las personas que sonríen con la mirada. Y Ramón era una de ellas.

De repente él se giró y nuestras miradas se encontraron. Parecía que hubiera notado que lo estaba observando alelada. Al principio solo dirigió la mirada en mi dirección, pero al cabo de unos segundos reaccionó. Se le abrieron mucho los ojos y esbozó una sonrisa. Yo no fui muy rápida en reaccionar, solo le devolví la sonrisa y levanté la palma de la mano como a cámara lenta en forma de saludo.

—Carlos, ehhh… Oye, te llamo yo en un rato. Que tengo trabajo. —Y colgó el teléfono y vino hacia mí—. ¡Marta! ¡Qué sorpresa! ¿Qué tal todo? Vaya, estás muy guapa… ¿Has venido con Rufus? ¿Está todo bien?

Jolín, cuántas preguntas. Me estaba poniendo cada vez más tensa. De hecho, estaba tan nerviosa y me estaba superando tanto la situación que no sé por qué ni de qué manera, pero me quedé callada mirándolo y se me inundaron los ojos de lágrimas.

—¡Marta! ¿Qué ha pasado? No me asustes… Venga, tranquila, vamos para dentro —me dijo mientras me cogía de la muñeca con la mano derecha y me envolvía la espalda con el brazo izquierdo.

Al llegar a la consulta, cerró la puerta y, después de darme un poco de agua, me pude tranquilizar un poco y soltar un «gracias» flojito y con la cabeza agachada.

—Toma, un clínex, que se te ha corrido un poco el rímel —me dijo señalándome los ojos.

Me moría de vergüenza. Todo el plan de ir maquillada y fabulosa a la clínica, al traste.

—Venga, estate tranquila. Tómate tu tiempo y, cuando estés mejor, me cuentas qué le ha pasado a Rufus. —Qué mono era, por favor.

Ya estaba más tranquila, y pude empezar a explicarle:

—Nada, que lo he traído porque lleva todo el día metido en su cama sin beber ni comer… No tiene ganas de jugar, no le apetece salir a la calle… Nada de nada. Yo nunca lo había visto así.

—Vaya por Dios. ¿Le diste toda la medicación como te dije?

—Sí, sí, claro que sí. Y de hecho estaba perfecto, mejor que nunca. Ha sido desde esta mañana. No sé qué le pasa.

—Bueno, tranquila, que lo averiguaremos. Vamos a ver cómo está este perrito tan guapo —dijo Ramón mientras sacaba a Rufus de la bolsa y lo subía encima de la mesa.

En ese momento, al colocarlo encima de la mesa, Rufus revivió como si fuera un milagro. Empezó a mover la cola y a agitarse dando saltos mientras le daba besos sin parar a Ramón. Yo no entendía nada.

—Vaya, vaya… Pues parece que ya no se encuentra tan mal…

—Pues no. No sé, supongo que se alegra de verte —dije yo un poco descolocada.

—¡Yo también me alegro mucho de verte, amigo! Pero vamos a ver qué es lo que te pasa…, porque tienes a Marta muy preocupada.

Rufus parecía otro perro. Estaba alegre, con energía, feliz y encantado de la vida.

—Lo mejor es que me lo lleve para dentro, que se tranquilice un poco. Cuando esté un poco más calmado, le haremos una eco y una placa para descartar que no tenga nada grave. Aunque he de decirte que lo veo estupendamente.

—Sí, sí, y yo. Parece que me lo haya inventado —añadí con una sonrisa medio tonta.

No me contestó, aunque me hizo un gesto levantando las cejas mientras se lo llevaba. Es cierto que Rufus no parecía para nada que se encontrara mal.

Esperé en la consulta, pero no pasaron ni tres minutos hasta que Ramón entró por la puerta con Rufus en brazos y soltando un «bueno» medio suspirando.

—¿Ya habéis hecho las pruebas tan rápido? —pregunté extrañada.

—Verás, es que no ha hecho falta.

—¿Ah, no?

—No. Porque Rufus está perfectamente. De hecho, está mejor que bien. Si buscáramos «perro sano» en Google, saldría su foto.

Sentí un gran alivio al instante. Qué bien que no tuviera nada y que se encontrara perfecto. ¿Pero entonces? ¿Por qué parecía que estuviera malito?

—Parece que lo haya hecho adrede para que lo trajera a la clínica y estar contigo —dije yo con una sonrisa.

Ramón soltó una carjada.

—No, mujer. Eso es imposibe. Los perros no saben mentir. No saben ni lo que es una mentira. —Nos quedamos los dos callados mirándonos—. Los únicos que mienten son los humanos —concluyó Ramón guiñándome un ojo.

—¡Ehhh! ¿Qué quieres decir? ¿Que me lo he inventado yo? —dije yo sonriendo y con tono de indignación.

—¿Yo? ¡No! ¡Pobre de mí! ¡Yo no he dicho eso!

Nos volvimos a quedar callados. Ahí saltaban chispas. Por un momento se creó una burbuja entre él y yo, en la que no había nadie más, ni espacio ni tiempo ni gravedad. Era como si estuviéramos flotando. Hasta que Ramón la rompió al hablar.

—Pues nada, ya sabes. Aquí estamos para lo que necesites. Si Rufus estornuda en algún momento, o le entra hipo, o se le rompe una uña…, ya sabes que puedes contar con nosotros… Atendemos urgencias veinticuatro horas al día.

—Ja, ja, ja… Vale, muchas gracias. Me tranquiliza mucho saberlo. Aunque la próxima vez voy a tener que grabarlo en vídeo para que veas que no me lo invento.

A Ramón le hizo gracia, pero estábamos los dos muy cortados. A mí no se me ocurría nada más que decir. Siempre me pasa cuando alguien me gusta mucho. Metí a Rufus en la bolsa, le di la mano a Ramón y me dirigí a la recepción para pagar la consulta. Al llegar, la chica estaba hablando por teléfono y sin colgar me dijo:

—No hace falta que pagues nada. Ramón me acaba de decir que, al no hacerle pruebas a Rufus, no es nada.

—Ah… ¡Vaya! Pues muchas gracias. Dale las gracias de mi parte. —Y me marché.

Me fui con una sensación de tristeza enorme, como de bajón. Mientras salía de la clínica y caminaba, me empecé a dar cuenta de que era porque echaba de menos a Ramón y no sabía cuándo volvería a verlo. Me empecé a sentir fatal porque no había sido capaz de decirle que me gustaba. O al menos intentar quedar en otra ocasión. Nada de nada.

En ese momento, Rufus empezó a ladrar como un loco. Estaba dentro de su bolsa de viaje con la cabecita fuera y mirando hacia atrás sin parar de ladrar.

—¿Qué pasa, Rufus? —le dije mientras me giraba también hacia atrás, intentando encontrar lo que él estaba buscando.

Y ahí estaba Ramón, que venía corriendo hacia nosotros. Con su bata blanca abierta en forma de capa de superhéroe. Mi superhéroe que venía a rescatarme.

—¡Marta!

—¿Ramón?

—Perdona que te moleste. Es que me acabo de dar cuenta de que tengo media hora libre para cenar, y no sé… Se me había ocurrido que quizás no has cenado…, y justo aquí al lado hay una pizzería increíble. No sé si te apetece… Podríamos tomarnos unas pizzas con cerveza.

—Ahá, ¿como en la cita que tuviste con Rufus?

—Sí…, más o menos, aunque esta vez no habrá cervezas con alcohol porque estoy de guardia, ni tampoco hablaremos de chicas. Además, me acababan de dar una mala noticia y estaba un poco triste…, pero al veros ya me he animado un poco.

—¿Qué ha pasado…, si puede saberse…?

—Nada grave, supongo. Había pedido una beca en Australia para ir a trabajar un año en la mejor clínica veterinaria de Sídney y me la han denegado…

—Lo siento mucho —dije. Aunque, claro, en el fondo me alegraba porque se quedaba.

—Bueno, pero todo tiene su parte buena, ¿no? —Y me miró con esa sonrisa tan dulce que tuve ganas de plantarle un beso ahí mismo—. En fin, ¿te apetece que nos tomemos algo?

Me temblaban las piernas

—¡Claro que me apetece!

—No, lo digo porque no sé si a una chica como tú le gusta comer pizza, ya sabes, por la dieta y esas cosas…

Me quedé mirándolo a los ojos. Esos preciosos ojos azules que tenía. Y de repente, sin pensarlo ni un segundo, le di un beso en los labios. Fue rápido, como un acto reflejo, e incluso yo me quedé sorprendida. Más que un beso sexi, ya me entendéis, aquello parecía un beso del conejito de la suerte. Pero ante mi sorpresa Ramón se echó a reír y me atrajo hacia él para besarme, esta vez sí, de verdad.

Y sin pensarlo, le dije:

—Te aseguro que no hay nada que me apetezca más en la vida que tomarme esa pizza contigo.

28

Me desperté una noche sobresaltada y vi que Ramón, mi chico, estaba durmiendo tranquilamente a mi lado. Se me seguía haciendo raro lo de llamarle «mi chico». A pesar de que ya hacía algunas semanas que estábamos durmiendo juntos casi cada noche.

Dormir juntos es lo más íntimo que hay en una pareja y yo sigo sin acostumbrarme. A mí siempre me ha parecido mucho más fácil tener sexo con alguien desconocido. Es como ir al gimnasio, acabas igual de sudado que en una clase de *spinning* y, según cómo se te dé la noche, puedes llegar a quemar las mismas calorías. Pero cuando estás con alguien y se despierta a tu lado por la mañana, «eso» ya es otra historia.

Todo había ido muy rápido entre nosotros, pero, bueno, ¿para qué esperar más si estábamos tan bien? La primera vez, aquel día en la pizzería, estaba tan nerviosa que, pese a que había pedido mi pizza favorita, la tropical —sí, soy de las que les gusta la piña en la pizza—, no pude comer nada. Me contó lo de Australia y, en el fondo, me dio pena que no le hubiera salido. Después me preguntó mucho sobre mi carrera y le conté algunas anécdotas divertidas, aunque yo estaba un poco tímida: siempre me pasa cuando alguien me gusta.

Ese día me di cuenta de que Ramón me había conquistado. Cuando al final nos despedimos —él tenía que volver porque estaba de guardia—, los dos, de repente más tímidos y casi torpes, no nos dimos ni un beso. El único que parecía estar tan normal era Rufus, que ladraba como diciendo: «¡Va, espabilad un poco!». Nos fuimos cada uno por su lado y al llegar a casa Ramón ya me había enviado un wasap: «¿Me dejas invitarte a cenar otra vez mañana? Se me ha hecho cortísimo».

Y así empezó todo. Desde esa primera cena oficial no habíamos dejado de vernos.

«Eso» supongo que es estar enamorada. Y yo creo que en ese momento estaba totalmente enamorada de Ramón.

«Eso» me había pasado muy pocas veces, pero tengo que reconocer que con Ramón todo era muy fácil. Nos reíamos y nos deseábamos como el primer día.

Nos admirábamos el uno al otro. Nos llevábamos muy bien a pesar de ser muy diferentes. Nunca discutíamos. Incluso si Rufus se metía en la cama por la noche, Ramón no decía nada. Es más, creo que le gustaba que Rufus se metiera en la cama con nosotros.

Esa noche me desperté y no me pude dormir otra vez. A veces me pasa, cuando estoy nerviosa porque al día siguiente es el primer día de un rodaje o algo así. Pero a la mañana siguiente no tenía ningún rodaje ni ningún estreno de teatro. No tenía ninguna explicación. Me dio miedo pensar que me iba a quedar despierta toda la noche, así que me fui a la habitación de La Niña y le dije que no podía dormir.

—Santi…, ¿estás dormido? —le susurré en voz baja al entrar en su habitación.

—No. Estoy jugando al Monopoly a oscuras con unos amigos —me contestó entre sueños. Y es que La Niña es gracioso y ocurrente incluso si está dormido.

—No puedo dormir.

—Pues tómate una pastilla —me dijo para quitárseme de encima.

—Es que no quiero porque creo que no puedo dormir de tanta felicidad —le confesé yo con la misma voz que antes.

Entonces encendió la luz de la mesita de noche y se incorporó. Se quedó sentado en la cama por unos segundos y se puso a hablarme muy serio, como si no hubiera estado dormido hacía menos de un minuto.

—Es normal. No estás acostumbrada a tener una relación que funcione bien. Una relación normal en la que te quieran y tú quieras. Siempre te buscabas a chicos que te hacían sufrir y que no te daban lo que querías. ¿Cuándo tuviste la última relación en la que fuiste feliz?

—Uf..., no me acuerdo —le respondí yo intentando hacer memoria.

—Pero ¿a que ahora estás bien?

—Eso es lo que me preocupa... Es normal que me preocupe, ¿no?

—Porque tienes miedo de cagarla. Todos tenemos miedo de cagarla cuando estamos bien. Es normal —me dijo quitándole importancia.

—Ya. Pero ¿y si no funciona y me pego la hostia?

—Pues eso forma parte de la vida. Caerse y volverse a levantar. Anda que no me he caído yo veces. Bueno, de hecho creo que voy más por el suelo que andando.

—Qué exagerado eres, Niña —le contesté yo.

—Chica, tienes a un chulazo que está coladito por ti y que te cuida muchísimo. Estás más guapa y más feliz de lo que te he visto en el tiempo que hace que te conozco. Así que ahora no lo estropees. Vete a dormir a su lado y mañana te levantas, le preparas el desayuno y se lo llevas a la cama —me dijo mientras apagaba la luz de la mesilla y se metía en la cama otra vez.

—Gracias. —Fue lo único que me dio tiempo de decirle antes de quedarme a oscuras.

Me metí de nuevo en la cama y vi que Rufus estaba hecho una bola y Ramón lo estaba protegiendo con el brazo. La imagen me enterneció tanto que pensé que La Niña tenía razón. Por fin había encontrado a alguien que me hacía feliz y tenía que disfrutarlo sin miedos.

Al cabo de unos días teníamos una cena de celebración con Ramón. Habíamos empezado a contar y ya hacía un mes que estábamos saliendo juntos. Siempre es un poco complicado contar a partir de cuándo estás saliendo. En nuestro caso, no empezamos a contar a partir del primer día que nos acostamos, sino a partir del primer día que se quedó a dormir en casa.

Me llevó a un restaurante que a él le gustaba mucho. Era un sitio de cocina mediterránea tradicional, pero con un toque moderno. Muy bonito y romántico. La decoración era igual que la de muchos otros restaurantes de ahora. Parece que los hagan en serie. Moderno pero con un toque *vintage* y muy cálido. Con bombillas de esas de baja intensidad que se ven los filamentos y quedan muy bonitas, pero que no iluminan nada y no ves la comida.

Me pareció que los camareros lo conocían bien. Era como si ya hubiese llevado a alguna chica a cenar ahí otras veces.

—¿A cuántas novias has traído aquí a cenar? —le pregunté yo de buenas a primeras.

—Eh... No a muchas. No te creas. Veinte o treinta —me dijo Ramón, que era muy rápido y sabía cómo responder a mis preguntas trampa.

—Bueno, pero seguro que no eran tan guapas y listas como yo.

—Eso es imposible. No hay ninguna mujer en el mundo que sea más lista y más guapa que tú —me dijo mientras me miraba con ojitos.

Yo estaba encantada. Aunque seguía con mi dieta, la cena era lo de menos. Lo importante era que estábamos celebrando un mes juntos. Cuatro semanas. Treinta días, y parecía que había sido ayer.

Al llegar nos dijeron que aun con reserva teníamos que esperar un poquito para sentarnos. Es lo que tienen los sitios de moda, que hacen dos turnos para cenar y siempre te toca esperar. Ramón lo arregló pidiendo una botella de Ribera.

—Por nosotros y porque esto sea solo el principio de la historia más bonita del mundo —dijo Ramón mientras levantaba la copa para brindar.

—Por nosotros —respondí yo sintiéndome en el cielo.

Un poco más y me ahogo cuando, al beber de la copa y levantar la vista, vi que entraba mi ex. Miguelito. El innombrable.

Si había alguna persona en el mundo a la que no quería ver ni tener que hablar, esa era mi ex.

El vino se me atragantó y me puse a toser como una posesa. Ramón me empezó a dar golpecitos en la espalda. Yo estaba en estado de shock. Aunque ya había pasado el tiempo suficiente como para olvidar el daño que me había hecho cuando me dejó, no estaba preparada para encontrármelo. Y mucho menos para hacer el «paripé» de que todo estaba olvidado.

Fui lo suficientemente rápida como para girarme de espaldas a la puerta del restaurante, mientras no podía dejar de toser. Ramón me volvió a preguntar si estaba bien y si necesitaba algo. Pero yo no podía estar bien a menos de un metro del innombrable. De hecho, lo tenía justo detrás. Podía sentir cómo rozaba mi espalda. Y aunque sé que él no tenía ni idea de que yo estaba ahí, cada roce me producía un escalofrío.

Lo único que se me ocurrió en ese momento fue irme corriendo al baño.

Me disculpé con alguna excusa que no recuerdo y me metí deprisa en el baño, donde me quedé escondida sentada en la taza del váter. No sabía qué hacer. Así que llamé a La Niña.

—¿Cómo que estás encerrada en el baño? —me preguntó con voz incrédula.

—Sí, te lo juro. No puedo salir. No quiero encontrármelo y tener que hablar con él. No puedo encontrármelo. ¿Me entiendes? No sé qué hacer. Tienes que venir a ayudarme —le dije como si el restaurante estuviera en llamas y tuviera que venir a rescatarme.

—Pero ¿no estás con Ramón?

—Precisamente.

—Pero no pasa nada, mujer. Todos tenemos un ex.

—No todos tenemos un ex como Miguelito. Vente para aquí, por favor. ¡Pero ya!

—Vale, vale. Ahora voy —me dijo La Niña con resignación—. Voy para allá.

Mientras esperaba a La Niña mojándome la nuca debajo del grifo de agua fría, llamaron a la puerta. Era Ramón preguntando si me encontraba bien:

—¿Hola? ¿Marta? ¿Estás bien? ¿Necesitas algo?

—No, no, estoy bien. Gracias. Pero… creo que voy a tardar un poco.

Justo después de decir eso, me di cuenta de que sonaba a que tenía problemas intestinales. De los gordos. Madre mía. Qué vergüenza.

Decidí contarle la verdad. Bueno, a medias:

—Es que…, a ver… La verdad es que no tiene nada que ver contigo, Ramón. Solo es que he visto a una persona en el restaurante a la que no quiero saludar, y no puedo salir del baño hasta que no se vaya.

—Pero ¿quién es? ¿De quién te tienes que esconder? Todo esto es muy raro, Marta… No entiendo nada. Mira, me da igual quién sea esa persona y qué ha podido pasar, pero esto no puede ser —me decía Ramón a través de la puerta—. Tienes que salir y enfrentarte a la situación como una persona adulta.

—No puedo —admití con la boca pequeña—. Es superior a mí. Pero tranquilo que he llamado a La Niña y viene para aquí.

—Si quieres yo puedo ir a hablar con esa persona —me dijo Ramón intentando ayudar.

—¡No, no! Gracias, te lo agradezco, en serio. Pero mejor que no, de verdad. Eso sería mucho peor —le contesté mientras esperaba su respuesta al otro lado de la puerta.

Pero nadie respondió. Solo se escucharon unos pasos alejarse.

Me sentí triste aunque también aliviada. Solo quería desaparecer de ese maldito restaurante de bombillas con filamento de baja intensidad.

Pasados unos minutos, que se me hicieron eternos, llegó La Niña. En cuanto lo vi, me di cuenta de que estaba mosca conmigo. Aunque no sabía si era por haberle hecho venir con tantas prisas o por mi actitud.

Al cerrar la puerta, me abrazó y, mientras yo empezaba a llorar, me dijo:

—Bueno, vamos a tranquilizarnos. Lo importante ahora es salir de aquí. Ya hablaremos mañana de todo esto.

—Gracias, gracias, gracias... ¡Te juro que me has salvado la vida, Niña! ¡Te lo juro!

—Bueno, no seas exagerada que ya sabes que eso me pone muy nerviosa... —No había duda de que estaba mosca—. A ver, escúchame: he hablado con Luisma, que es amigo mío.

—¿Luisma? ¿Quién coño es Luisma?

—¡El encargado del restaurante, hija! —me interrumpió gritando—. ¿Me puedes escuchar?... Me ha dicho que, si salimos del baño hacia la cocina, podemos irnos de aquí por la puerta de atrás.

Se me abrió el cielo. Ante mí. Como si nada. Así de fácil.

—¿En serioooo? —Me costó reaccionar.

—Claro.

—Pues, venga, vámonos —dije mientras aplaudía dando saltitos.

La Niña abrió la puerta, me cogió de la mano y me sacó del baño. Justo en medio del pasillo delante de la puerta de la cocina se detuvo en seco, se giró y me preguntó:

—¿Y Ramón?

—Vaaaa… ¿Quieres sacarme de aquí? ¿O quieres ver cómo me da un brote psicótico? —Al terminar de decir «psicótico» ya me di cuenta de que me estaba equivocando. Y mucho.

29

Cuando se abrió la puerta de la habitación, estaba dormido. Me desperté un poco desconcertado. No esperaba que volvieran a casa tan pronto. Sabía que hoy había cena de celebración del primer mes de novios, y no contaba con que Marta llegara tan pronto y menos sin Ramón.

Al entrar, cerró la puerta con un portazo y se dejó caer boca abajo encima de la cama. El abrigo y el bolso se quedaron tirados en el suelo de la habitación. Pero, aunque eso no lo había visto antes, me preocupó otra cosa: nunca antes me había pasado que al verme no me dijera nada. Fue la primera vez que no me hizo ni caso, como si no estuviera. Muy raro.

La Niña llamó a la puerta.

—¿Estás bien? ¿Puedo entrar? —Yo empecé a ladrar y a rascar la puerta. Necesitaba saber qué demonios estaba pasando. Y sobre todo saber dónde estaba Ramón.

Marta no respondió. La Niña abrió la puerta poco a poco, con mucho cuidado.

—Si me quieres dar un sermón, no es el momento. De verdad, mejor que esperes a mañana. —Oí que decía Marta con la cara pegada a la almohada mientras La Niña me cogía en brazos.

—No, tranquila. Solo quiero saber si estás bien.

—Pues he estado mejor... —dijo ella mientras se incorporaba.

—¿A qué hora tienes el avión para Viena?

—No me acuerdo. Sé que tengo que estar en el aeropuerto a las once o así.

—¿Ramón no se quedaba con Rufus?

—Sí. En teoría se quedaba a dormir aquí y se lo llevaba por la mañana..., pero lo he estropeado todo.

—Es que sabes que yo no me lo puedo quedar, pasado mañana tengo *shooting* en Portugal. Y yo sí sé a qué hora sale mi avión.

—Madre mía, y ¿qué hago? No puedo llevarme a Rufus a Viena..., y no conozco a nadie que pueda cuidar de Rufus estos días.

Yo empezaba a estar ya un poco cabreado. ¿Qué pasa? ¿Que soy el primo tonto que nadie puede cuidar? ¿Dónde estaba Ramón?

En ese momento sonó el interfono. Yo salí disparado hacia la puerta mientras ellos se quedaban congelados. Me puse a dar saltos debajo del telefonillo mientras Marta llegaba (como a cámara lenta) para responder.

Seguro que era Ramón y ahora iba a entender qué es lo que estaba pasando.

—¿Sí? (…) Sí, sube —dijo mientras apretaba el botón del interfono.

—Amiga, me voy a la habitación, y así podéis hablar con calma. Pero yo que tú le contaría toda la verdad. Es peor mentir. Dame un beso, que mañana no te veo, que me levanto a las seis. Hija, menudo *show*. Tú sí que tienes un *reality*. Ya hablaremos con calma a la vuelta…, que tengas buen viaje. Te quiero.

Le plantó un beso con un abrazo y se metió en su habitación. Ahí nos quedamos los dos. Ella de pie en el comedor mirando cómo La Niña cerraba la puerta, y yo a su lado mirándola sin entender nada. Justo en ese momento se escuchó la voz de Ramón.

—Hola —dijo entrando al salón con gesto muy serio.

—Hola.

—Te has ido del restaurante. He estado esperando como un idiota hasta que he ido al baño, y al llamar a la puerta ha salido una señora que, por como me ha mirado, estoy seguro de que se ha pensado que era un pervertido.

—Ramón, lo siento...

—No, no, déjame terminar, por favor.

—Vale, perdona —dijo muy flojito. Estaba con la cabeza agachada y muy triste.

—Mira, yo no he acabado de entender qué demonios ha pasado en el restaurante. Lo único que sé es que hoy era un día muy especial. Iba a ser una noche perfecta, con la que yo pensaba que era la chica perfecta. Solo quería cenar tranquilamente contigo, charlar, hablar de nosotros, de nuestro futuro. No sé, recordar cómo te conocí, lo increíble que fue, de cuando me di cuenta que me estaba enamorando, como nunca lo había hecho antes de nadie. De todo lo que has despertado dentro de mí... Nunca me había enamorado así. De esta manera.

—Se quedó callado unos segundos. Marta estaba sentada en el sofá a punto de llorar. Me subí al sofá y me senté encima de su falda. Se me rompía el corazón al verla así. Ramón seguía:

»—Pero ahora tengo la sensación de que todo esto ha sido irreal. No me cabe en la cabeza, no puedo encontrar, por muchas posibilidades que haya, una razón, una maldita razón por la que te hayas comportado como una niña de doce años encerrándote en un baño y esperando a que llegara tu amiguito para sacarte por la puerta de atrás. Y no solo lo digo porque me hayas humillado, que también lo has hecho, ni porque me haya quedado con cara de gilipollas durante todo ese rato en el que solo me repetía a mí mismo que eso no me podía estar pasando. Lo digo porque has conseguido que todo, ahora mismo, sea una mierda. Sí: una mierda. Así de grande. Porque lo que has hecho es de alguien que me cae mal. Y te aseguro que es muy difícil estar enamorado de alguien que te cae mal.

Yo no daba crédito. Menuda bronca le estaba pegando. Estaba muy enfadado y dolido. Ella solo lloraba.

—Lo siento.

—Yo lo siento más. Créeme.

—No sé qué decir. Tienes razón en todo. Pero… supongo que me dio un ataque de pánico.

—En serio, no me interesa lo que ha pasado. Estoy demasiado enfadado. ¿Mañana a qué hora tienes el vuelo a Viena?

—No lo sé, por la mañana. Pero ahora mismo no me apetece nada irme a Viena.

—Pues creo que es lo mejor que podrías hacer. A ver si te da un poco el aire y te aclaras con la historia de tu ex. Está claro que no la tienes superada.

Marta se quedó callada. Supongo que había dado en el clavo.

—Mira, te dije que me quedaría cuidando de Rufus, y así lo haré. Él no tiene la culpa de nada. Y, de hecho, ahora mismo es el único que me cae bien de esta habitación.

—¿No te importa? Yo te lo agradezco mucho, porque La Niña estará fuera por trabajo y tampoco tengo…

—Que no te preocupes —dijo interrumpiéndola—. Te he dicho que lo hago por él, no por ti.

Entonces, Ramón me cogió en brazos y me metió en la bolsa de viaje, soltando un «Que tengas buen viaje», y salimos del piso con un portazo.

Al entrar en el ascensor, Ramón me cogió en brazos y mientras me abrazaba rompió a llorar.

30

Cuando David me mandó un *e-mail* contándome que Rufus Wainwright iba a dar un concierto en el mimo teatro de Viena donde él trabajaba como estilista, me pareció una señal. Pero que el concierto fuera justo la primera semana que tenía vacaciones, ya me pareció toda una revelación. Así que la idea de imaginarme otra vez con David y además en un concierto de Rufus en Viena me hizo lanzarme de cabeza al ordenador para comprar dos billetes ese fin de semana. Me compré un «ida y vuelta» sin ni siquiera consultárselo a nadie. Cuando digo nadie, me refiero al mismo David, a Ramón…, y por supuesto a Rufus. Y es que fue justo después de cerrar la tapa del ordenador cuando lo vi dormidito a mi lado, y me di cuenta de que se me había olvidado por completo que tenía un perrito precioso al que no podía dejar solo. Me arrepentí un poco de mi arrebato, pero para mi alivio Ramón, al enterarse de mis planes, me tranquilizó haciéndose cargo «encantado» del pequeño.

Quién me hubiera dicho entonces que, mientras hacía aquella maleta con destino a Viena, habría cambiado tanto la película. Bueno, ahora se había convertido en una película algo dramática. Tal y como estaban las cosas no tenía mucho ánimo de viajar. Tenía claro que ayer la había cagado, y me sentía un poco enfadada conmigo misma por haberme comportado así con Ramón, pero a la vez un poco enfadada con él porque, después de decirme todo lo que me dijo, se fue sin darme opción a responderle y explicarle cómo me sentía. Y encima se había llevado a Rufus. Sé que tenía que quedárselo igualmente, pero a mí esa actitud me olía un poco a castigo.

Intento ser positiva y cojo mi móvil en busca de alguna novedad. Nada. Cero llamadas. Cero mensajes. Cero noticias de Ramón. Dudo si enviarle o no un mensaje preguntando por Rufus. Pero al final le escribo:

«Hola. Solo quería saber cómo ha pasado la noche Rufus. Gracias».

No tardó más de dos minutos en responder:

«Tranquila. Todo bien. Que tengas buen viaje».

Qué fuerte. Lo mismo que me dijo cuando se fue ayer de casa. Sigo con la maleta, y me vuelve a sonar el móvil.

—Menos mal —dije en voz alta. Me parecía raro que Ramón fuera tan frío. Pero al mirar el móvil, era un mensaje de David:

«Majaaaaa... ¡Que al final te voy a poder ir a buscar al aeropuerto! ¡Te esperaré con un ramo de rosas y te llevaré las maletas como El Golosina! :)))))))».

Fue leer el mensaje y entrarme unas ganas enormes de llegar ya a Viena.

«El Golosina» era el asistente de Lola Flores, además de amigo y confidente. Siempre iban juntos a todas partes. David y yo éramos superfans de los dos. Sobre todo desde que nos contaron la anécdota del bingo: al parecer, un día se dieron cuenta de que no les quedaba más dinero porque se lo habían gastado todo en cartones y no tenían manera de volver a casa. Así que a Lola se le ocurrió convencer a un señor que conducía un camión de la basura para que les llevara a casa. Nunca sabremos si eso ocurrió o no, pero era la típica historia que nos fascinaba.

Ya tenía todo preparado para el viaje. Solo me quedaba meter en el bolso el último libro de Elisabet Benavent, *Valeria en el espejo*. Me había leído el primero del tirón, y estaba deseando leer el segundo. El antídoto perfecto para mi miedo a volar.

Cuando salí a la calle a por un taxi, me di cuenta de que iba muy sobrada de tiempo. En ese momento pasaba delante de La Juguetería, una tienda erótica que hay en la calle San Mateo. Sin pensármelo, me metí. Ahí seguro que encontraría algo que le gustase a David. Está bien llevar un detalle a alguien que te invita a su casa.

Cuando entré en la tienda, había una chica detrás del mostrador de unos treinta años, rapada, llena de *tatoos* y con *piercings* en la nariz y en la boca.

—Hola. Estoy buscando algo para hacerle un regalo a un amigo —le dije.

—Ah, perfecto. ¿Tienes alguna idea o quieres que te ayude yo a elegir? —me contestó muy simpática.

—Bueno, no sé. La verdad…, solo sé que le gusta el cuero —le contesté.

—Pues tenemos muchas cosas… —me dijo mientras me enseñaba una caja con unas esposas forradas de pelusa rosa, un minilátigo de tiras de cuero y un tanga negro con tachuelas.

—Ah, pues yo creo que las esposas de pelusa le van a encantar.

—Perfecto. ¿Quieres mirar algo más mientras te lo envuelvo para regalo? ¿Algún consolador?

—Eh…, no gracias. Solo esto —le contesté casi sin ruborizarme.

Me subí al taxi deseando ver la cara de David cuando viera esas esposas. De camino a la T4 pensaba mucho en mi Rufus y cada vez me sentía más enfadada con Ramón por estar con él en esos momentos y no ser más simpático.

Al llegar metí la maleta en la máquina de rayos X y pasé por debajo del arco detector de metales. Es lo peor de viajar en avión. El arco no pitó. Todo en orden. Cuando fui a buscar mi maleta, se me acercó un guardia de seguridad y me dijo:

—Puede abrir la maleta, por favor. —Así, sin ningún tipo de paciencia.

—¿Yo? Claro. Ningún problema.

He de confesar que me hizo cierta gracia. No sé por qué pero siempre me pasa. Si en algún momento las Fuerzas de Seguridad me paran, por ejemplo, para hacerme un control de alcoholemia y no he bebido nada, me siento muy orgullosa de demostrarles que soy una buena ciudadana. O como cuando pitan las alarmas de una tienda y te tienen que registrar sabiendo que no has hecho nada malo. Me encanta. Bueno, como no llevaba ni drogas ni armas ni champús de más de cien mililitros…, me parecía divertido.

Pero el guardia tenía cara de muy mala hostia. Me abrió la maleta, y fue directo al regalo de David, que estaba perfectamente envuelto. Me dijo que tenía que abrirlo. Yo le dije que por supuesto. El tipo sacó muy lentamente del paquete las esposas con borreguito mientras quedaban sostenidas en el aire y me miraba como si yo fuera una chalada sexual o alguien peligroso para el resto de los pasajeros. No me quedó muy claro.

Me quedé muerta al mirar a mi alrededor; me di cuenta de que todo el mundo estaba mirando. Unos se reían, otros me miraban con mala cara... Había de todo.

—¿Esto? Es un regalo. Bueno, era un regalo. Pero no pasa nada, lo vuelvo a envolver y no se dará ni cuenta. Son para una amiga. Voy a su despedida de soltera. —Es lo único que se me ocurrió decir en esos momentos.

—Ya. Pues va a tener que ir a la despedida sin las esposas. No puede subir al avión con ellas —me dijo el guardia.

—Pero si son de peluche...

—Ah. Vaya. Sí, es verdad. Qué monas y suaves son... ¡Adelante! ¡Sí! Suba al avión y disfrute de su despedida de soltera —me soltó con una sonrisa.

—¿En serio? —pregunté supercontenta.

—No. —Todo el mundo se echó a reír.

—Ah... Perdón —le dije lo más educadamente que pude mientras cerraba la maleta abierta encima de la cinta de rayos X. Toda la gente de la cola podía ver mis cremas y mi ropa interior. Aunque, después de lo de las esposas, ya no me importaba que vieran mis bragas y mis sujetadores.

Tuve que ir corriendo hacia la puerta de embarque. Al final voy a todas partes con prisas. ¿Por qué siempre me toca la puerta de embarque que está más lejos?

Atravesé la T4 de Barajas como un rayo. Llegué a la puerta de embarque, pero ya no había cola y estaba todo el mundo en el avión. La chica de la compañía aérea me miró como diciendo: «Te has ido por los pelos».

Entré en el avión y me senté en mi asiento: 6A. Ventanilla. Por suerte no había nadie a mi lado y dejé allí el bolso que llevaba. Cuando ya había organizado un poco las cosas y pude dejar la maleta en el compartimento de encima de los asientos, saqué mis auriculares y busqué en mi iPhone una canción de Rufus Wainwright que pudiese poner banda sonora al momento del despegue.

Ya la tenía. Me abroché el cinturón mientras las azafatas hacían todo el numerito de las medidas de seguridad al que nadie presta nunca atención.

El avión se puso en marcha. El sol ya estaba saliendo e iluminaba el interior del avión con una luz anaranjada que hacía del momento algo difícil de superar. El piloto cogió la pista de despegue y se paró un par de segundos antes de darle al acelerador para poner el aparato listo para despegar.

Le di al *play* en mi iPhone y empezaron a sonar los primeros acordes del «Hallelujah» de Rufus. No pude evitar que se me escapara una lágrima.

31

Por fin llegué a Viena. David fue tan mono que me estaba esperando en el aeropuerto con un ramo de flores y un cartel que ponía: «*Marta, we adore you!*». Nos dimos un abrazo enorme. No me acordaba de los abrazos de David: esos que son tan fuertes que hasta te hacen un poco de daño. Eso era justo lo que necesitaba, un estímulo físico que me hiciera reaccionar ante todo lo que me estaba pasando. Y vaya si reaccioné, me puse a llorar como si nunca antes lo hubiera hecho: empezaba a ser consciente de que podía haber perdido a Ramón. Para siempre.

David se quedó alucinado:

—Ehhhh… Pero ¿qué te pasa? ¿Qué ha pasado? ¿Estás bien? —me preguntaba mientras me apartaba el pelo de la cara.

Yo no podía dejar de llorar.

—Me estás preocupando. ¿Le ha pasado algo a Rufus? —Negué con la cabeza mientras tomaba aire.

—Es Ramón. Y el innombrable. Y yo. Todo se ha ido a la mierda.

—Bueno, venga, tranquila. Todo se va a arreglar, ya lo verás. Este viaje te va a venir superbién. Ahora me lo explicas con calma. Vámonos de aquí, que no quiero que nadie te vea así. Que se te ha corrido el rímel y con estos pelos pareces sacada de una peli de miedo japonesa.

Nos echamos a reír los dos, y nos fuimos a su casa a dejar la maleta. Era un apartamento minúsculo en una buhardilla de un edificio antiguo en el centro de la ciudad. Era muy mono, pero yo que pensaba que mi casa en Madrid era pequeña, pues ese sí que era un apartamento chiquitito.

Tenía un salón de unos veinte metros cuadrados con una cocina integrada. Si te metías en la única puerta que daba al salón, aparte de la de la calle, entrabas en un baño en el que solo cabía una ducha, un váter y un lavamanos. David me explicaba sentado en la taza del baño que si te daba la gana podías coger el mango de la ducha y ducharte mientras hacías «tus cositas». Me moría de la risa.

Su cama estaba en un altillo que había construido encima del salón. Se accedía por unas escaleras de madera y era la única cama que había en el apartamento.

—¿Y dónde se supone que duermo yo? —le pregunté.

—¿Pues dónde va a ser? Arriba conmigo, maja. ¡Como si fuera la primera vez que dormimos juntos! —me respondió con su acento del norte que ya casi se me había olvidado.

Salimos a dar un paseo para que me enseñara Viena. Era un sábado por la tarde y el concierto de Rufus no empezaba hasta las nueve. Así que nos recorrimos el centro histórico. Todo era precioso. Luego llegamos hasta el Prater, que es la noria antigua que hay en el parque de atracciones y que sale en la película *El tercer hombre*. Me hizo mucha ilusión ver la noria y todavía más subirme. Fue el momento perfecto para contarle a David todo lo que había pasado con el innombrable y con Ramón en el restaurante. Yo ya estaba mucho más tranquila que en el aeropuerto y creo que, de alguna manera, el hecho de estar subida en aquella noria sostenida en el aire, me ayudó a verlo todo con perspectiva.

—Está claro que la cagué. Que me porté mal. Y está claro también que mi actitud demuestra que mi ex me sigue importando.

—Marta, yo creo que no te sigue importando. Me parece que te estás confundiendo. Si realmente te importara él, no habrías podido empezar una historia tan bonita y limpia como la que has iniciado con Ramón. Si sigues enamorado de una persona, no puedes volver a enamorarte de esa manera de otra.

—Y entonces cómo me explicas que reaccionara tan mal al verlo.

—No es él el que te importa. Es el miedo que tienes a volver a sentir el dolor que te hizo sentir en su día.

Me quedé callada intentando entenderlo. David continuó:

—A ver, en el momento que apareció tu ex en el restaurante, tú no lo viste a él.

—¿Ah, no? Y entonces ¿a quién vi?

—Viste un espejo en el que se reflejaba dolor. Se despertaron todos tus miedos por volver a sentir lo que él te hizo sentir: te mintió, te traicionó, te decepcionó y te rompió el corazón. ¿Te parece poco? Te destrozó. Lo vi con mis ojos. Cuando te conocí estabas fatal. Eras un zombi. Dando tumbos de un lado para otro. Haciendo ver que eras feliz cuando no lo eras.

—Puede ser. La verdad es que ahora me dices de tener una cita con mi ex, y ni de coña. Ni loca volvería con él. Me daría asco hasta darle un beso.

—¿Lo ves, tonta? Ese tío está muerto para ti. Lo que tienes que enterrar son tus miedos.

—Pero ahora estoy bien. Estoy bien, ¿no? Hacía mucho tiempo que no lloraba…

—Claro que estás bien, estás mucho mejor. Y en gran parte gracias a Rufus.

—Sí… Es verdad. Es lo mejor que me ha pasado en la vida. Su amor no se puede comparar con ninguno.

—¿Y a Ramón? ¿Lo echas de menos?

—Sí…, supongo. No sé. Me siento un poco avergonzada por todo el numerito de ayer. Me siento abochornada. ¡Qué vergüenza!

—Es que…, mira que eres tremenda. ¡Eres tan tremenda! Hubiera dado la vida por ver el *show* que montaste en ese restaurante. —Gritando repitió—: ¡Hubiera dado la-vi-da! —Nos pusimos a reír como dos tontos.

Ahí estábamos, en el punto más alto de la noria, con Viena a nuestros pies. Riéndonos sin parar y, aunque echaba mucho de menos a mi Rufus, me sentía más aliviada.

Después prometí que iba a estar bien y que a partir de ese momento no volveríamos a hablar de Ramón ni de exnovios: íbamos a disfrutar a tope de esa noche y del concierto de Rufus. Así que David se puso en modo guía turístico y empezó a contar todo lo que había aprendido sobre la ciudad. Desde allí arriba veíamos una gran parte del casco antiguo y también de la parte moderna de la ciudad.

—Mira. Ese edificio antiguo es la ópera donde trabajo yo —me dijo orgulloso señalando hacia un edificio precioso que se encontraba a unos pocos kilómetros.

—Es muy bonito. ¿Y ahí es donde es el concierto? —le pregunté.

—Sí. Empieza dentro de una hora, o sea, que será mejor que vayamos para allá.

De camino al concierto, David me estuvo explicando lo bien que le había sentado la vida en Viena. Es verdad que yo lo veía muy mono, como más centrado que cuando dejó Madrid. Estaba más maduro y feliz. Aunque reconoció que no había sido fácil para él. A veces se sentía muy solo, echaba de menos su vida en España, su familia. Pero, en cambio, había ganado en calidad de vida. Tenía un contrato fijo (cosa que en España era casi imposible) y lo más importante: su trabajo le hacía muy feliz. Y además trabajaba en uno de los teatros de ópera más prestigiosos y antiguos del mundo.

—¿Sabes que Mozart estrenó en ese teatro *Las bodas de Fígaro*?

—No te creo… ¿En serio? ¡Qué pasada! —Cuando lo miré, le brillaban los ojos como nunca antes le habían brillado. Me sentía tan orgullosa de él.

Estábamos los dos muy nerviosos por el concierto, así que llegamos al teatro de la ópera con bastante antelación y nos metimos entre cajas para ver a los músicos, que estaban acabando de hacer pruebas con sus instrumentos.

La banda de Rufus había venido al completo. Incluso las chicas que le hacían los coros en Madrid estaban calentando la voz.

En ese momento David me dijo algo para lo que no estaba preparada.

—Tengo una sorpresa para ti. Pero no me puedo aguantar y tengo que decírtelo, porque si no me va a dar algo.

—¿Qué pasa? Dímelo ya.

—Luego seguramente iremos a saludarlo al camerino. Roger, el regidor, me ha prometido que lo va a intentar.

—Venga ya —le dije yo sin creerme ni una palabra.

Al principio pensé que era una broma. Así que no terminé de creerme lo que me dijo y nos fuimos a buscar las entradas que nos habían guardado en la taquilla del teatro.

Nos dieron muy buenas localidades. Estábamos sentados en la fila tres de la platea.

El concierto fue precioso. El repertorio era el mismo que tocó en Madrid, pero con la diferencia de que aquí la acústica era la de una ópera. Incluso el propio Rufus dijo que estaba un poco nervioso por tocar en un teatro con tanta historia y no defraudar a los fantasmas que tenían que rondar por ahí.

Lloré durante todo el concierto. Supongo que estaba con las emociones a flor de piel y cada vez que Rufus se sentaba al piano y empezaba a tocar se me saltaban las lágrimas.

Terminó el concierto y nos colamos en el *backstage* con Roger, el regidor que era amigo de David. Rufus se había metido en su camerino para ducharse y cambiarse de ropa. Y Roger nos dijo que esperásemos a que saliera si lo queríamos saludar. Yo estaba muy nerviosa y creo que David, aunque no lo dijera, también.

Cuando salió del camerino llevaba un albornoz blanco. Nos presentó Roger, el regidor, y nos saludó muy educadamente. David le dijo que lo habíamos ido a ver al concierto de Madrid. Él se sorprendió y nos dijo:

—*Are you following me around Europe?* —Algo así como que si le estábamos siguiendo por toda Europa.

—*No. But we'd love to follow you until the end of time* —le contesté yo con mi frase preparada y memorizada por si ese momento llegaba a ocurrir. O sea, que le dije que no, pero que nos encantaría seguirlo hasta el final de nuestros días.

Rufus se rio con una carcajada muy sonora y nos dijo que nos veíamos luego.

¿Cómo que luego? Miré a David que me estaba poniendo cara de: «Yo ya sabía algo de eso».

Resulta que Rufus y David ya habían hablado el día anterior en los ensayos. Le había contado que yo era tan fan que le había puesto Rufus a mi yorkshire.

Parece ser que le hizo tanta gracia que accedió a conocerme después del concierto y a que nos apuntáramos a tomar algo con la banda. Yo estaba alucinando. Lancé un grito superagudo cuando Rufus cerró la puerta del camerino y empecé a dar saltos como una loca.

Nos pasaron la dirección de un bar de copas. David y yo pillamos un taxi y nos fuimos con la idea de esperar a que llegaran mientras nos tomábamos algo. Nos dio tiempo a tomarnos dos rondas. Yo ya empezaba a pensar que nunca llegarían y que nos habían tratado como a dos frikies a los que dan una dirección falsa para sacárselos de encima.

Cuando David ya no sabía qué más excusas inventarse para quitarme esa idea de la cabeza, llegó Rufus Wainwright. Apareció con una camisa de flores abierta hasta el pecho y una americana de color amarillo que gritaba: «Miradme. Soy una estrella». Era lo más. Iba acompañado de su mánager y de algunos músicos que reconocí del concierto.

Vino hacia nosotros a saludarnos con mucha educación. Yo estaba muy cortada. Me pasé todo el rato disimulando y haciendo ver que para mí estar allí era algo normal. Fue agotador. Además, me costaba una barbaridad entender todo lo que hablaban. Suerte que David tiene muy buen inglés y me iba traduciendo cuando me perdía.

Hubo un momento en que David se fue al baño y me quedé sola. Entonces Rufus, encendiendo un cigarro, porque en Viena se puede fumar en los bares y restaurantes, me preguntó:

—*So... how is Rufus?* («¿Cómo está Rufus?»).

Me entraron ganas de abrazarle, besarle y explicarle todo lo que me había cambiado la vida descubrir su música. Cuánto necesitaba escucharle y lo mucho que adoro a mi pequeño.

Pero me controlé, le dije que estaba muy bien aunque que lo echaba mucho de menos, y le enseñé muchas fotos suyas que guardaba en el móvil. Creo que le hicieron gracia porque se las enseñaba a su mánager y le decía que ese perrito se llamaba Rufus.

Después de un par de horas, y unas cuantas copas, íbamos bastante «entonados». Todos los músicos ya se habían retirado, y el mánager se disculpó y dijo que tenía mucho trabajo por la mañana y que se iba a descansar.

Rufus estaba animado. Era de los nuestros. No me equivocaba, enseguida nos propuso ir a tomar la última al bar de su hotel.

Cuando nos lo dijo aceptamos encantados. David me guiñó un ojo y me sonrió. Era todo perfecto.

En ese momento me acordé de mi Rufus. Saqué el teléfono del bolso y vi que no tenía ningún mensaje de Ramón. Me supo muy mal. No me parecía justo que yo estuviera viviendo algo tan especial y que a la vez me sintiera tan triste por lo que había dejado en Madrid.

—¿Qué haces? Venga, nos tenemos que ir. Rufus nos espera fuera —me dijo David.

—Le estoy enviando un mensaje a Ramón —respondí sin levantar la vista del móvil.

No había acabado de escribir la frase cuando David me quitó el teléfono de las manos.

—Me has hecho la promesa de que ibas a disfrutar del viaje, que no íbamos a hablar más de Ramón ni de nuestros exnovios. Eso implica también no hablar con ellos. Me lo has prometido.

—Es verdad. Pero es por Rufus. Para que me mande una foto suya o algo…

—Rufus está bien. Está en las mejores manos. No busques excusas. Hazme caso. Disfruta de esta noche. Mañana, cuando vuelvas a Madrid, ya solucionarás las cosas. Ahora no es el momento. ¿De acuerdo?

—Vale. Tienes razón.

Me devolvió el móvil y lo guardé en el bolso.

—¡Pero no me negarás que me podría haber mandado algún mensaje o alguna maldita foto! —dije yo entre dientes mientras caminábamos hacia la salida.

David se paró en seco.

—¿Me lo estás diciendo en serio? —Estaba muy cabreado.

—No, no. Era un comentario —ya había vuelto a meter la pata. David respiró hondo y me agarró de los hombros. Entonces me dijo:

—Marta, sabes que yo te quiero mucho. Y siempre te voy a querer. Pero tienes que dejar de pensar que el mundo gira a tu alrededor. Asume que ayer te equivocaste, que aunque no mataste a nadie ni cometiste ningún delito, lo hiciste mal. Ya está. No pasa nada. Todos nos equivocamos. Somos humanos. Tenemos miedos, inseguridades, fantasmas…, como lo quieras llamar. Pero porque alguien no haga algo cuando a ti te dé la gana, o no reaccione como tú reaccionarías en ese momento, no significa que te haya dejado de querer o que ya no le importes. Por favor, deja a Ramón tranquilo. No digo que no sea el hombre de tu vida, porque no tengo ni idea. Pero deja de comportarte como una maldita niñata. Porque por culpa de esa niñata que hay dentro de ti te estás perdiendo la noche más bonita de tu vida. ¡Que el mismísimo Rufus Wainwright en carne y hueso nos está esperando fuera para llevarnos a su hotel, joder! Que no te das cuenta de que, si algún día escribes un libro o tu biografía, nadie se va a creer este momento. Que es que es muy fuerte. Tu sueño hecho realidad, ¡joder!

Cogimos un taxi hacia el Grand Hotel. La fachada era de esas en las que ves toda la historia que hay detrás del edificio y todo lo que ha pasado allí dentro.

Aunque para nosotros era pronto, el bar del hotel llevaba ya rato cerrado. Rufus nos propuso tomar la última en su habitación. Aceptamos encantados, aunque siempre con actitud de poco entusiasmo, para que no se nos viera el plumero. Al llegar descubrimos que era una *suite* enorme. Nada más entrar nos pidió que nos quitáramos los zapatos mientras sacaba del minibar una botella de champán. Se la entregó a David junto a tres copas de cristal para que hiciera los honores.

Yo estaba sentada en el sofá viendo cómo David descorchaba la botella y Rufus conectaba su iPod en el equipo de música. Empezó a sonar «O mío babuino caro» de Puccini cantada por la Callas. David y yo nos miramos alucinados. El momento no podía ser más emocionante. Rufus brindó con nosotros diciendo algo que no entendí, y se fue hacia la parte del dormitorio de la *suite*, que quedaba apartado del salón donde estábamos.

Al quedarnos solos, David y yo nos pusimos a dar saltos y a bailar en silencio para que Rufus no nos oyera.

Nos terminamos las copas y sin dudarlo las volvimos a llenar. Abrimos una ventana grande y nos quedamos callados observando las vistas de la ciudad desde esa *suite* tan maravillosa.

Pasaron diez minutos y Rufus no volvía del baño. Nos empezamos a preocupar. Bajamos la música, fuimos hacia el dormitorio, y al abrir la puerta con cuidado descubrimos que Rufus no estaba en el baño. Estaba en la cama. Roncando tan a gusto.

Miré a David:

—Tenías razón. Si algún día escribo un libro o mi biografía, nadie se va a creer este momento —le dije susurrando.

David me dio un codazo y nos cogió un ataque de risa. Todo era muy surrealista.

Sin hacer ruido nos dirigimos al salón, nos terminamos el champán y nos fuimos.

He de decir que nos portamos muy bien. No hicimos ninguna foto ni nos llevamos ningún objeto «de recuerdo». Nos pusimos los zapatos y cerramos la puerta con cuidado.

Al salir a la calle, David me cubrió con su americana y nos fuimos hacia su casa dando un paseo.

La felicidad era eso.

32

EL REENCUENTRO

Qué ganas tenía de volver a casa. Ramón me había cuidado mucho e incluso había dejado que me subiera a la cama a dormir con él, pero echaba mucho de menos a mi mami. Además, estaba muy preocupado. No me gustó nada la situación que vivimos el día de la cena, y se me partió el corazón al dejarla llorando en casa.

Sabía que faltaba poco, sabía que ese momento estaba cerca, porque ya empezaba a reconocer las calles por las que me llevaba Ramón en brazos. Y no me equivocaba. En menos de diez minutos, Ramón estaba llamando al 2-A, mi casa.

Cuando se abrió la puerta del portal, salté de sus brazos y me tiré al suelo como un loco. Salí disparado por las escaleras como una liebre, deseando ver a Marta y darle muchos besos.

Al llegar, ahí estaba ella, esperándome con una sonrisa inmensa y con los brazos abiertos. Fue un momento maravilloso. Al cogerme y levantarme del suelo, me dijo al oído: «Nunca más te voy a volver a dejar solo». Me puse tan contento y tan nervioso que casi me hago pipí encima. Al cabo de un momento entró Ramón diciendo: «Se ha portado muy bien», y pasó de largo hacia el salón.

Marta cerró la puerta y, sin soltarme ni un momento, se sentó en el sofá, enfrente de Ramón. Había un ambiente extraño. Actuaban como si casi no se conocieran. Era todo muy raro.

—¿Qué tal tu viaje? —preguntó Ramón.

—Muy bien. La verdad es que tenías razón. Me ha ido muy bien salir de aquí y airearme un poco.

—Me alegro.

—Cuando nos vimos el último día me sentó un poco mal que te fueras así, sin dejarme explicarte cómo me sentía. Ahora te voy a pedir que me escuches y no me interrumpas, porque ya me cuesta bastante tener que decir lo que voy a decir, y si me interrumpes me va costar todavía más.

—Vale, vale. No te preocupes, te escucho —respondió cruzándose de brazos y con el ceño fruncido.

—Verás. Lo primero que quiero hacer es pedirte disculpas. Lo del restaurante fue bochornoso, lo sé. Me siento muy avergonzada. Tenías toda la razón cuando me dijiste que me había comportado como una niñata. Pero también he de decirte que no sé muy bien lo que me pasó, fue un poco incontrolable. Quiero decir, que me superó la situación. Me dio un ataque de pánico, qué sé yo... A ver, que no me estoy justificando, pero también debo reconocer que nunca me había pasado antes, y que ni yo misma sé lo que me sucedió en ese momento.

—Bueno, tranquila, yo también creo que me pasé un poco con todo lo que te dije.

Marta se quedó parada, no se esperaba esa reacción de Ramón.

—Ah... Vaya. Te lo agradezco. Pero eso no quita lo mal que me porté. Aunque ahora lo importante no es eso, porque ya forma parte del pasado. Ahora lo que de verdad importa es saber por qué me comporté así, y creo que este viaje me ha ayudado mucho a averiguarlo. Creo que deberías saber lo que me pasó con mi ex antes de conocerte a ti. Creo que, si entiendes esto, será más fácil para todos pasar página de lo de la otra noche.

Ramón la volvió a interrumpir.

—Marta, de verdad, no hace falta.

—Por favor, te he pedido que no me interrumpieras. Que ahora me toca a mí hablar y poder explicarme.

—Sí, lo sé. Me lo has dicho antes, y además tienes todo el derecho a hacerlo, pero…

—¡Exacto! Es mi momento, y llevo todo el viaje de vuelta en el avión preparándome este discurso, así que escúchame: porque creo que lo que me pasó fue que me dio miedo volver a ver a mi ex, pero no porque él a mí me…

—Marta…

—No porque él me importe o tenga sentimientos que no haya superado.

—Marta, escúchame un momento, por favor.

—No, escúchame tú, que no quiero que pienses que ese tío me importa lo más mínimo, porque no es verdad.

—Me tengo que ir a vivir un año a Australia.

—Te aseguro que si ahora mismo viniera aquí y me pidiera volver, le diría que no… ¿Qué has dicho?

—Que me tengo que ir un año a Australia por trabajo.

—¿Australia? ¿Pero cómo? Pensaba que no te habían dado la beca.

En ese momento empezaba a entender por qué Ramón se había pasado el fin de semana hablando por teléfono en inglés. Claro, como yo no hablo inglés, no entendía nada. Pero todo cuadraba.

—Exacto: no me la dieron. Pero el sábado me llamaron para decirme que al que se la habían concecido, la rechazó por motivos familiares. Como yo era el siguiente de la lista me la dieron a mí. Tengo que incorporarme en dos semanas.

Marta no era capaz de articular palabra. Estaba con la boca abierta y la mirada perdida. Le empecé a dar besitos en la mano para ver si reaccionaba. Ramón se sentó a su lado y le cogió la otra mano.

—Todo lo que ocurrió el viernes me hizo daño. Estaba muy enfadado. Llegué a pensar que te perdía, y también me asusté. Pero, cuando el sábado me llamaron y me comunicaron lo de Australia, me quedé descolocado. Por eso no te he escrito ni llamado en todo este finde. Necesitaba aclararme para tomar una decisión. Saber si aceptaba una oferta que llevo años deseando que llegue.

—Y ¿ya lo has decidido? —preguntó Marta con un hilo de voz.

—Sí.

Ramón me apartó a un lado del sofá y abrazó a Marta. Tardó unos segundos en hablar y lo hizo muy flojito, pero pude oír lo que le había dicho:

—Te quiero mucho, pero tengo que ir.

33

(Siete meses después)

—Venga, arriba. Levántate. Vamos. Que ha llegado otro ramo de flores. Y tenemos mucha plancha —dijo La Niña entrando en la habitación con un ramo precioso de rosas blancas. Cuando La Niña decía que «había mucha plancha», significaba que teníamos mucho trabajo. Y verdad no le faltaba. Era el día del estreno de mi primera película. Me sentía como si fuera el día de mi boda. Estaba atacada de la emoción.

Aquellos meses habían pasado muy rápido. El estar inmersa en el rodaje me ayudó mucho, porque, desde que se había marchado Ramón, volver a mi vida y a mi rutina sin él había sido muy costoso. Las primeras semanas fueron las más duras. Lo echaba muchísimo de menos y, pese a que entendía que se hubiera ido y sabía que en algún

317

momento volvería, me sentía triste por haberlo perdido. Rufus estaba también más decaído. Era cierto que nos mandábamos wasaps, nos llamábamos por Facetime. Pero cada vez que hablábamos era peor porque acababa más triste y muchas veces llorando. Y, claro, así nunca iba a rehacer mi vida. Así que al cabo de dos meses le pedí a Ramón que dejáramos de tener contacto, porque lo pasaba mal. Él pareció entenderlo. Desde entonces no habíamos hablado más. Me sentía enfadada con el mundo: ¿es que nada me podía salir bien con los hombres? Por suerte, Rufus, La Niña y el rodaje de la película me hicieron sentir tranquila, feliz y en paz de nuevo.

—Te dejo aquí las flores porque en el salón ya no caben. Tienes una hora para arreglarte porque a las doce tenemos que estar en el aeropuerto para ir a buscar a David. Mientras te arreglas, voy al *showroom* de Teresa a buscarte el vestido para el *photocall* del estreno y llevo a Rufus a la peluquería. Recuerda que a las dos vienen a hacerte manicura y pedicura, y a las cinco la maquilladora —me dijo La Niña sin casi respirar.

Yo estaba tumbada en la cama con Rufus a mi lado, boca arriba, acariciándole la barriguita mientras me daba besitos en el antebrazo. En ese momento me di cuenta de la suerte que tenía.

—Niña, sabes que te quiero, ¿verdad?

—Lo sé.

—Muchas gracias por todo lo que haces. Y no me refiero solo al estreno de hoy, sino a todos estos meses. Me has ayudado tanto. Rufus y yo te queremos, muchísimo —dije mientras movía la patita de Rufus, como si le saludara.

—Y yo a vosotros, mujer. Ya lo sabes. —Y se lanzó a la cama a darnos un abrazo y besitos a Rufus. De golpe se echó para atrás: «Este perro huele feo».

—Ya estamos con el morrito fino.

—Bueno, luego lo bañarán y olerá de maravilla —dijo levantándose de la cama.

—Oye, ¿de quién son esas rosas tan preciosas? ¿Has mirado la tarjeta? —le pregunté.

La Niña dijo que no y fue a por el sobrecito blanco que colgaba con una pinza de madera diminuta.

Lo abrió y se echó las manos a la cabeza.

—No me lo puedo creer. ¡No me lo puedo creer! —dijo dando saltos. Me pasó la tarjeta y la leí.

Te mando estas flores para desearte suerte en el estreno.
Llegué ayer a Madrid y estaré esta noche en el cine.
Si quieres nos vemos luego. Estoy deseando verte.

Ramón